Oriente

José Carlos Llop
Oriente

ALFAGUARA

Papel certificado por el Forest Stewardship Council®

Primera edición: abril de 2019

© 2019, José Carlos Llop
© 2019, Penguin Random House Grupo Editorial, S. A. U.
Travessera de Gràcia, 47-49. 08021 Barcelona

© Diseño: Penguin Random House Grupo Editorial, inspirado en un diseño original de Enric Satué

Printed in Spain – Impreso en España

ISBN: 978-84-204-3760-6
Depósito legal: B-2311-2019

Compuesto en MT Color & Diseño, S. L.
Impreso en EGEDSA, Sabadell (Barcelona)

AL37606

Penguin
Random House
Grupo Editorial

I'm a spy in the house of love.
             THE DOORS

I. Epifanías

¿En qué momento nos convertimos en corresponsales de nuestra propia vida? Pienso en esos periodistas que beben y charlan en la terraza de un hotel situado en la zona alta de una ciudad en guerra, desde donde se ven las llamas y humaredas provocadas por misiles y morteros y se oye el tableteo de los AK-47. Pienso en ese momento en que la vida es un campo de batalla y la visión del presente distorsiona el pasado. Es la hora de ponerse a escribir a la espera de que amanezca y la ciudad recupere su belleza, ahora secreta y devastada, y la calma necesaria para seguir escribiendo.

Entonces la luz del día es como la luz del cuello de una mujer amada.

II. El destierro

Cuando uno es expulsado de sí mismo mientras vive en un país inventado —y el enamoramiento es un país inventado por el deseo—, la expulsión es doble. Por un lado debe abandonar su propio mundo, el que ha construido y por el que ha sido construido. Por otro, la brújula con la que se adentraba en *terra incognita* queda dañada. Por cuánto tiempo no se sabe, pero el daño, en el nuevo estado, permanece: la aguja imantada deja de reconocer el norte y el sur desaparece y el enamoramiento merma al perder su naturaleza secreta. La infección de lo cotidiano. El enamoramiento es autista —un autismo compartido por dos— o muta. Y ningún casado o casada —por utilizar la vieja fórmula, sólo en uso festivo e intrascendente ahora— se enamora si su pareja no ha dejado un espacio vacío donde otro amor puede inventarse y cabe. Ningún casado o casada, sí, salvo todos y cada uno de los que pertenecieron a mi familia, una familia de la que soy el último eslabón o fin de raza, sin escudos de armas ni pergaminos que me entronquen y aten a tierra o casona alguna. Un fin de raza sin raíces, un hombre desplazado.

Un hombre desplazado: pienso en Ovidio en *Tristia.* Lo gracioso es que mi tesis doctoral fue sobre la relación entre su exilio en el Ponto y el *Ars amandi.* Pienso en Rilke, de un castillo a otro, de una mujer a otra. Pienso en Jünger y su amante, Sophie

Ravoux, la de tantos nombres distintos enmascarando a una sola mujer. Pero es pronto aún para pasar de uno a otro, aunque el espíritu que los una sea el mismo espíritu que se apoderó, nunca sabré cuándo ni por qué, de todos los miembros de mi familia. Hasta llegar a mí, que soy estéril, como ha quedado demostrado en varias ocasiones. Y sin más árbol genealógico que lo que he de contar en estas páginas.

Mi mujer me ha echado de casa. La frase es vulgar, pero no lo es el hecho. No puede serlo porque mi mujer es todo lo contrario a una mujer vulgar, incluso en los momentos en que las mujeres se permiten serlo, vulgares. No hubo gritos, ni escenas; fue una conversación breve y fría sobre la imposibilidad de convivir con un hombre confuso —o demasiado preciso y ajeno— en sus sentimientos. Sobre la necesidad de saber y la necesidad, también, de no saber. Sobre la urgencia de la desaparición del intruso en el que me había convertido en los últimos meses. Un intruso con la mente, el corazón y el sexo hechizados por otra mujer y otro paisaje, distinto al nuestro. Me pregunto si el decreto de Augusto al desterrar a Ovidio fue tan exacto. Ovidio y *El arte de amar,* un libro que podría ser el libro de familia. De mi familia.

Ahora vivo en un antiguo convento de monjes benedictinos convertido en hotel. Un hotel sobrio y austero, como debían de serlo los monjes que vivieron aquí hace siglos y perdieron el edificio a raíz de la desamortización de Mendizábal en 1835, o de Madoz, o quizá de Floridablanca, no recuerdo la fecha. Como es temporada baja sólo somos dos los huéspedes, el otro es un bibliófilo inglés a la caza de algo que no sé lo que es. Paso las horas muertas leyendo viejas revistas de historia y contemplando desde el terrado el vuelo caprichoso —y sus formas aún más caprichosas— de las nubes de estorninos. Luego vuelvo a las revistas: el misterio de los caballos y los ciervos pintados en las cuevas de Lascaux, los tesoros de la tumba de un noble etrusco, la música de Mozart para un funeral de rito masónico, la arquitectura dieciochesca fruto del tráfico de esclavos en Europa...

El antiguo convento es grande y frío. Tras los portones hay un patio con aspidistras y clivias y, a media escalera, una galería de tres columnas que se asoma a otro patio posterior con huerto y un jacarandá que en primavera se convierte en cúpula azul. Cerca está el mar y más cerca aún, casi vecinas, las murallas de la ciudad. Cuando salgo por la mañana en dirección a mi trabajo, tomo una calle en cuyo extremo se ve el mar. Hay días que, al dejarla atrás y pisar el paseo de las murallas, un buque abandona el puerto con la alegría de quien comienza una nueva vida, o entra en él con la parsimoniosa lentitud de los movimientos en aguas poco profundas. Como quien regresa a casa. Las luces grises del alba, las farolas que se apagan, el mar oscuro, el barco encendido como una lámpara, las torres en tierra y las chimeneas en el mar, la popa de la catedral, otro barco, éste de piedra, sobre mi cabeza... La ciudad me protege y pienso por cuánto tiempo podré vivir en ella como si no lo hiciera, alejado de mí, quiero decir, y camuflado tras alguien que soy y no soy yo. ¿Pensaba Ovidio en Tomis algo parecido? A él no le protegía la ciudad, tan extraña como la gente que lo rodeaba. El poeta culto, irónico y refinado, viviendo entre los bárbaros, alejado de Roma y de aquellos que lo aplaudieron y ahora callaban, temerosos de que la mano de Augusto los empujara también al destierro. Al limes de Germania, por ejemplo, o de Britania, donde era fácil hallar el destino en una flecha emponzoñada.

Mi habitación es una alcoba con antesala y cuarto de baño posterior. En esa antesala escribo mi diario —nada que no se escriba permanece e incluso lo escrito ya no sabemos— frente a un balcón acristalado que da a la calle. Hay unos grabados con escenas de la corte del rey Darío y un gran espejo oxidado que cuelga sobre un tresillo isabelino tapizado en terciopelo verde-musgo. Una estera de esparto habla de un verano que fue y ahora no es más que decoración. Por la tarde alguien toca la guitarra y se arranca por seguidillas. Allá abajo, en algún semisótano de la calle alquilado a un flamenco.

La extrañeza produce curiosos espejismos. Cuando salgo a pasear no miro los rostros, las piernas o el culo de las más jóvenes; miro a las parejas que están envejeciendo juntos, la complicidad de sus gestos, lo que se añora —imagino— más allá del deseo. Pero no añoro nada y el deseo sigue ahí, vivo, yin sin yang, yang sin yin, tanto da, porque el amor no se zanja, se abandona. Ya dije: ser expulsado de ti, cuando tú no eres exactamente quien eres, es una doble expulsión. Y si la familia es el destino, en los momentos en que olvido los mecanismos de la seducción y contemplo un futuro incierto, soy un traidor a ese destino. Dejo de ser un lector del *Ars amandi* y me empeño en comportarme como lo que no soy. Por eso debo remontarme a los míos. Reconocerme en ese árbol genealógico sin escudos ni más hazañas que las amorosas, con el placer y el dolor que comportan. De rama en rama, como un bonobo, esos parientes cercanos —la garganta de Olduvai, el eslabón perdido, todo eso— que tanto saben de Eros y nada de sus complicaciones. Lo mismo que hizo Ovidio en Tomis: intentar llegar al origen de su castigo imperial.

III. Orígenes

1

Tengo en mis manos una de las cartas que Sara Gorydz envió a mi madre hace veinte años. Forma parte de una serie de documentos, fotografías y agendas anotadas, incluso en las guardas, que estaban en su armario. Dentro de una caja de zapatos que lleva mi nombre, escrito a mano por ella, escondida bajo los abrigos de piel que le regalaba mi padre. Los que han quedado. Hace unos meses la enterramos en su pueblo natal. «He pasado mi vida adulta entre ciudades —me dijo al saber que estaba tan enferma—, he conocido las ciudades más bellas del mundo y he sido feliz en ellas, pero cuando muera quiero que me enterréis en la tumba de la abuela, junto a las montañas y frente al mar. Ya he bebido suficiente luz eléctrica.» Eso dijo: ya he bebido suficiente luz eléctrica.

La carta de Sara Gorydz está escrita en un castellano salpicado de italianismos. En ella habla de su marido, el escritor Paolo Zava, como si su marido no fuera su marido sino el marido de mi madre. Ése es el tono. Describe su vida con él en Positano, en la costa amalfitana. Sus estancias en Nápoles, los años que colaboró en *Il Gazzettino* y trabajó para el Museo de Herculano. Le habla —poco— de su hijo, que vive en Estados Unidos y tiene una granja de pollos. Y después de mencionar los meses que pasaron juntas durante la Segunda Guerra, le pide que vaya a verlos. No a mí, dice, sino a Paolo. «Está muy enfermo (no creo que le quede ni medio año de vida) y sólo habla de ti. Rosa, por favor, ven.» Ésta es la última frase de la carta de Sara Gorydz, de quien nunca me había hablado mi madre, más allá de que era una periodista polaca a la que había conocido durante la guerra, a través de mi padre, que también era periodista. En cuanto a Paolo Zava, siempre he visto sus libros en la librería del comedor —ensayos sobre estética y arte, y las memorias de un coleccionista—, pero nunca he sentido curiosidad por hojearlos. No eran los únicos libros dedicados a mi madre que había en casa.

En el entierro no hubo libros, ni escritores; ni siquiera hubo discurso alguno. Tampoco oraciones. Ella no quiso. «Si existe un más allá y me han de perdonar por lo malo que haya hecho, lo harán aunque no se rece en mi entierro. Y si no, tampoco creo que sirvan unas oraciones dichas por otros sin mucho convencimiento. Igual ni se acuerdan ya de rezar.» Recordé lo que contaba de mi abuela, la última vez que había ido a confesarse. «Menos robar y matar —le dijo al cura—, ponga un poco de todo y deme la absolución, páter; no soy más que un ser humano, y esto, un valle de lágrimas que hay que animar un poco, ¿no cree?» El cura la echó del confesonario y ella no volvió a pisar una iglesia.

Mi madre tampoco iba a la iglesia y ahora estaría para siempre junto a mi abuela, la de ponga un poco de todo, como la llamábamos en la familia: «La Abuela Ponga un Poco de Todo». La tumba la formaban seis nichos rematados por un tejadillo superior y estaba situada en el límite del cementerio, jun-

24

to a las montañas y de espaldas al mar. Pero el mar se veía desde donde estábamos los pocos que estábamos. Supongo que a eso se refería mi madre. Había nevado hacía dos días y quedaban restos de nieve virgen sobre la tierra de los bancales y en la copa de algún olivo. Las ovejas habían bajado hasta las tapias del cementerio y el sonido de las esquilas mientras comían —pacífico, lento y tranquilo— fue la música que acompañó al féretro de mi madre hasta que tapiaron su nicho. Quizá se oyera también desde dentro y amortiguara el ruido de las paletas extendiendo y rascando el cemento. El aire olía a humo y madera mojada, que es el olor que a veces tiene la niebla. Al fondo estaba el mar.

Mientras me daban el pésame, pensé en la carta de Sara Gorydz y pensé en mí, también, enamorado de una mujer que no era mi mujer y pasando mis días en casa, escribiendo sobre Ovidio en su exilio del Ponto e inventando —es decir, no inventando nada, sino reproduciendo— las viejas excusas y pretextos del amor oculto para pasar alguna noche en el apartamento de Miriam.

Cuando introdujimos el féretro en el nicho, me pregunté si alguna vez alguien había amado a mi madre como se merecía. Si nos morimos sin haber sido amados como nos merecemos, ni haber amado como se merece el amor.

2

«La nuestra es una familia dedicada al amor, es decir, al desorden», le oí decir a mi padre una noche, pero nunca supe con quién estaba hablando aquella noche.

Él, desde luego, estaba entregado a ese desorden. Al del amor y al de la vida en general y sus famosas leyes de la entropía. El único orden que exigía y se exigía era puramente formal: la ropa, los gestos y la mesa. Lo demás le importaba poco, empezando por sí mismo (nunca se tomó demasiado en serio en casi nada). La mayoría de las noches, después de cenar, desaparecía con cualquier excusa: una invitación al teatro, el cierre del periódico, una reunión clandestina. La esencia de mi padre oscilaba entre la clandestinidad y el desorden. Si hubiera sido un líder político, lo habrían detenido a los dos días. Como su política eran las artes de la seducción, a lo más que se exponía era a los puñetazos de un marido celoso.

Pero detrás de su afición por el desorden amoroso había una búsqueda. Creía que las mujeres llevaban en su interior el secreto del perdón de las culpas. De todas las culpas —propias y heredadas— que impiden a un hombre que llegue a ser como hubiera podido ser. Que ellas, las mujeres, eran una especie de balneario para curar sus fracasos, el lugar donde esos fracasos caían en una sima —la que el amor abre ante tus pies— y desaparecían para convertirse en algo superior. Había algo de búsqueda metafísica de lo inalcanzable en sus actos amorosos. Ellas daban fe de su existencia, pero había que buscar, una tras otra, a la portadora de ese secreto, o conformarse —como hacía él, pienso que cínicamente— con múltiples fragmentos del mismo hasta llegar a configurar el secreto en su plenitud a base de retales. Cada uno de esos fragmentos, cada uno de esos retales, era una mujer distinta de la que él acababa escapando, insatisfecho.

En el fondo, mi padre se buscaba a sí mismo a través de ellas —un vicio narcisista muy masculino— y pertenecía a esa clase de hombre que nunca sabe cómo es la mujer que lleva a su lado, aunque con ella conviva y se acueste. Uno de esos hombres al que si preguntaras al final de su vida —yo no lo hice— cómo era cada una de aquellas mujeres a las que creyó amar y por las que creyó ser amado —aunque sólo fuera durante un par de noches y dos cenas en restaurantes de lujo—, no sabría qué contestar más allá de su descripción física —y ahí era un artista barroco, un Tiziano de los detalles— y algunas frases o lugares donde estuvieron. Con más riqueza en la descripción de los lugares que en las frases. Todos los hombres escapamos de la muerte al amar a alguien; en su caso latía la conciencia de su imposibilidad. Como si también encontrara el rostro de la muerte en el rostro de ellas, al ser poseído por las contracciones del orgasmo.

«La nuestra es una familia dedicada al amor, es decir, al desorden», había dicho. Y una tarde, mientras escuchábamos la obertura de *Tannhäuser* por la radio —mi padre fue quien me educó musicalmente—, añadió otra pieza al caótico puzzle de mi vida sentimental. Es decir, de la maleducada educación en los afectos. «Yo soy así —me dijo, mientras se desplazaba por la sala moviendo las manos como si dirigiera la orquesta—; tu madre también lo era (y no me atrevería a decir que no siga siéndolo); por eso nos casamos. Nunca me he divertido tanto como los días en que empezamos a tratarnos y a salir juntos. Nunca he sido tan yo mismo. Nunca he encontrado a una mujer mejor que ella; pero incluso así, todo acaba en el amor, empezando por el amor mismo. Es el precio a su maravillosa existencia, ya lo comprobarás.»

A mi madre, en las noches de esa época, ya sólo la veía leyendo. Por las tardes jugaba al *bridge,* pero por más que se lo pedí jamás me enseñó a jugar (cuando te afeites, decía, pero tampoco). Al cabo de dos o tres años se separaron. O mejor: él se separó de mi madre; ella creo que no lo habría hecho nunca, aunque hubiera dejado de quererlo. Mi madre, entonces, empezó a llamar a mi padre «mi difunto marido» y cuando me hablaba a mí, refiriéndose a él, «tu difunto padre». A veces, cuando estaba con sus amigas de siempre, le llamaba «el difunto», a secas. Lo hizo desde el día en que mi padre nos abandonó, si puede decirse de esta manera. Desde el día en que se marchó de casa y no a por tabaco. Mi padre no fumaba, pero continuaba con su búsqueda infatigable de esa Otra Parte. Nunca la abandonó, esa búsqueda, y aquí sí puede decirse así.

De aquella época —o quizá me confunda y aún estuvieran juntos mi padre y ella (es difícil concretar cuándo dejaron de estarlo o si dejaron de estarlo alguna vez, incluso separados y adquiriendo él la categoría de difunto estando vivo)— es la carta de Sara Gorydz.

3

Oí una vez, sólo una, que durante la guerra mundial, en la embajada, mi padre dirigía el servicio de espionaje. O por lo menos era quien enviaba los informes a Madrid. Desde luego los periodistas —y mi padre lo era— son grandes aficionados a informar —a delatar, acusar o silenciar— y a ser informados —poseen red de confidentes (que muchas veces los utilizan en beneficio propio) y chivatos varios, cuando no son ellos quienes se metamorfosean en eso—. O sea que no es raro que en situaciones difíciles o tensas se dediquen a lo mismo que han hecho durante su vida profesional, exacerbándolo. El periodismo es la metáfora pública de lo cotilla que es el género humano, tanto en la vida social como en la cultura, que es su sublimación en este mundo. Proust puede reducirse a cotilleo. Como Saint-Simon, su predecesor. O Catulo y Marcial, yéndonos más lejos. Ya no digamos Suetonio, que debería ser su patrono.

En la Guerra Civil había columnistas de periódico que avanzaban quiénes serían los ejecutados de la próxima madrugada, nombrándolos y bromeando después, como si no fuera el crimen lo que ocultaban sus palabras. Los señalaban. «X necesita que le dé el aire; habrá que sacarlo a pasear», y X sabía que lo mejor que podía hacer era esconderse y aun así acabarían dando con él. Nombrar, señalar, es también matar: siempre lo es, aunque sea fragmentariamente. En tiempos de paz, es una cuestión de poder —por mínimo que sea— lo que estructura esa pulsión. Y ahí no importa la mentira —se la creen desde el momento en que la usan—, ni el fingimiento, incluso con sus más íntimos. Sólo importan los propios intereses y la satisfacción de las propias miserias y lo que no cuadre con eso o les haga sombra se calla, aparta, deforma, o falsifica. Y después se nombra y señala. La generosidad no suele darse.

Esto es curioso porque de mi padre pueden decirse muchas cosas, pero no que no fuera un hombre generoso. Lo fue siempre, menos a la hora de regalar la parte de su vida que un padre debe regalar a sus hijos para que sean mejores que él. Cuando oí lo del servicio de espionaje, contacté con una amiga que trabaja en Asuntos Exteriores, en el archivo, precisamente. La mayoría de archiveros nacionales son mujeres, en España. «Me gustaría que buscaras el expediente de mi padre, el del año 1944, al otro lado del Danubio», le dije. En casa siempre hablábamos del otro lado del Danubio como del limes romano. Pero también como de un lugar donde ellos, mis padres, habían vivido su vida con una intensidad que nunca más habían vuelto a sentir. Nunca. Y eso se percibía en la manera de apartar la conversación sobre el otro lado del Danubio. De apartarla y pasar a otra cosa. Pero no en el entusiasmo al contar una u otra anécdota, entre la caballería magiar, el caviar a cucharadas, los carros pintados de los gitanos o la nieve cayendo sobre Estambul. Aquel entusiasmo era un entusiasmo embridado, cosa rara, pensé años después, en una familia dedicada al desorden, es decir, al amor.

Al cabo de unos días, mi amiga me dijo que del expediente de mi padre quedaba poca cosa. Como si alguien lo hubiera vaciado hace tiempo, eso me dijo. Había algunas fotografías de él, otras tomadas por él —paisajes, recodos urbanos, varios escaparates...—, y seis o siete informes sobre el avance de las tropas soviéticas a sangre y fuego, o la brutalidad de los alemanes y sus colaboracionistas fascistas mientras preparaban la huida y la resistencia. Uno de ellos era un número de teléfono repetido a lápiz una y otra vez, una y otra vez, obsesivamente. Y unas iniciales: S. G. Era el único papel que no estaba matasellado por la censura, con la indicación de no apto para ser publicado. Le pedí el teléfono y lo apunté. «No te puedo decir más —me dijo mi amiga—; aún faltan tres años para que los expedientes de esta época puedan consultarse. Si alguien se entera de que hemos hablado, me matan», rio al otro lado del auricular.

4

La Abuela Ponga un Poco de Todo y su marido se fueron a vivir a Guinea. No puedo decir que mi abuelo se marchara a trabajar, porque debió de trabajar poco. Inspector de Correos o de Aduanas, algo así era el cargo que le dieron —porque se lo dieron como regalía— para que se marchara y pudiera hacer fortuna con el caucho o la caoba o ambas cosas a la vez. Fortuna no hizo, pero regresaron con más dinero del que tenían cuando se fueron. «Queríamos vivir como los ingleses en Kenia —dijo mi abuela—, pero faltó clase. España la perdió al no tener siglo XVIII y se nos nota tanto que nosotros, los españoles, somos los primeros perjudicados. Con una aristocracia que no ha querido ceder ni un palmo salvo obligada por su propia inepcia y uno de los peores cleros de Europa, servil con el señor y déspota con el pueblo, ¿qué quieres, hijo mío? Pues lo mismo en colonias. Lo mismo; sólo los belgas en el Congo lo hicieron peor que nosotros en Guinea.»

Eso decía la Abuela Ponga un Poco de Todo mientras mi padre se fumaba un habano y dormitaba a medias, con la copa de coñac en la mano y el peligro de que descendiera, la copa, trazando una parábola alcohólica sobre la alfombra. A mi padre le importaba un bledo Guinea y nunca le gustaron, que yo sepa, las mujeres de piel negra. Como le importaba un bledo lo que hizo o dejó de hacer España en la Guinea de mis abuelos o a partir del siglo XVII. Él había vivido la mejor época —entreguerras, la Segunda Guerra Mundial...— y en el mejor sitio —de embajada en embajada—. Así que si su país no había sabido hacer las cosas, mi padre no lo había notado mucho. O por lo menos no lo había sufrido; todo lo contrario: le sacó el mejor partido que se le podía sacar entonces. Mi madre, que había nacido en Guinea, entraba en ese mejor partido y la complicidad con su suegra era la música. A la Abuela Ponga un Poco de Todo le gustaba la ópera italiana; a mi padre, la ópera barroca. Y ninguno de los dos soportaba a Wagner. Un nazi, decía la abuela; un plomo trascendente, decía mi padre. Sólo las oberturas —coincidían ambos— parecen dictadas por Dios, afirmaba la abuela; tal vez de ahí su soberbia, añadía mi padre.

Antes de casarse con mi madre, la Abuela Ponga un Poco de Todo le avisó: «Con ese nombre que tienes tal vez desciendas de hugonotes, pero debo decirte que además de tratar bien a mi hija no has de olvidar esto: la liturgia católica (y al gobierno de meapilas que tenemos le va de perlas) nos dice que el matrimonio debe durar hasta que la muerte nos separe. No te quepa duda de que no es a la muerte natural a lo que se refiere; esa condena es imposible que surja del cristianismo. Se refiere a la muerte del amor: hasta que la muerte del amor nos separe, deberían decir en la ceremonia matrimonial. Pero cómo van a hablar de amor los curas, el colmo del egoísmo. En fin, no me pondré teológica, querido yerno, pero ya me dirás: si el futuro es el paraíso, la muerte debería acabar uniéndonos. Así que no es esa muerte;

sino la del amor, que es mucho más frágil y breve que la vida...».

La Abuela Ponga un Poco de Todo, desde que fue expulsada del confesonario, aprovechaba cualquier frente para manifestar su heterodoxia. «La crítica, siempre desde dentro —decía—, es la única manera de que pueda servir de algo, pero en esta tierra de sectarios, ya me dirás...»

Siempre creí que mi padre se tomó en serio las palabras de mi abuela. Las vivió a su manera, pero le hizo caso. Y lo imposible por no separarse. Entre otros amores no dejó que ninguno fuera tan fuerte como para separarlo de su mujer. Hasta que ella no pudo más y él se largó de casa. Detrás de una bailarina rusa de ballet, se dijo; de la compañía de ballet de Moscú.

Nunca supe si esto había sido así o no, pero las postales que me mandaba tenían sellos comunistas y el matasellos estaba escrito en alfabeto cirílico.

5

¿Es el engaño lo esencial del adulterio? ¿Puede compararse a la mentira? ¿No es la verdad —la del amor— lo que se impone con fuerza desmesurada y esa fuerza introduce el desorden en la vida cotidiana y ésta se defiende acusándolo de mentira y engaño? Los que acusan al amor de ser falaz e irreal, un invento de los juglares, un delirio de los románticos, una desgracia que ha caído sobre la casa y la familia, aciertan sólo a medias. Actúan según sentencia del orden necesario para sobrevivir. Vivir es otra cosa y debería ser muy diferente a sobrevivir: hay que saber irse.

Según las agendas ocultas en el armario de mi madre, Sara Gorydz amó a mi padre durante los meses en que ella y Paolo Zava se enamoraron. A partir de aquí todo cambió entre ambos. No supieron irse. Acabó la guerra y tanto ella como él empezaron a vivir una soledad distinta. Cada uno por su lado, como si hubieran volado todos los puentes que los unían. Esto les hizo desembocar en otras maneras de vivir el amor sin entregarse —ni entre sí, ni a los demás— ni permanecer tampoco. En esa época, que fue inacabable y define a los padres que tuve, nací yo. Cuando ya no me esperaban —ni a mí, ni a cualquier otro— nací yo.

Crecí sin saber nada de Sara Gorydz. No puedo decir lo mismo del rastro —ramos de flores, llamadas telefónicas de madrugada, desapariciones repentinas, sordas peleas de dormitorio, billetes de avión, días de silencio, corbatas...— de las amantes de mi padre y los amantes de mi madre. Pero también había alegría y risas y cambios de humor favorables y una complicidad establecida entre ellos que parecía fruto de los pactos secretos entre dos naciones aliadas. Todo eso —unas cosas y otras— repercutió en mi manera de entender el amor y no puedo decir que negativamente; más bien creo que al contrario. Si la fragilidad engendra a menudo fortaleza, la inestabilidad amorosa y sus múltiples variaciones son una escuela de vida, pero también una escuela de infidelidad: la propicia y crea defensas ante ella. Ahora bien: ¿hasta qué punto esa sucesión de infidelidades no contribuía a mantenerlos unidos? Con los años pensé que se contaban sus historias, él a ella y al revés, como Scherezade narraba sus relatos al sultán: para impedir o retrasar la muerte. En el caso de mis padres, la de su matrimonio. Y que esa manía de narrar sobre el amor ilícito que su relato convertía en parte de su relación —apropiándose a través de la palabra de ese o aquel otro episodio furtivo— estuvo en la raíz de lo que me haría narrar a mí también. Narrar sobre otros, antes que sobre mí.

Sobre Sara Gorydz. Sobre mis padres. Sobre Ovidio en Tomis, por ejemplo, al acabar la carrera. Nunca creí, al revés que mis compañeros de departamento en la facultad, que el emperador desterrara a Ovidio por motivos políticos. Siempre pensé —y así lo escribiría después— que lo más evidente y visible era lo más probable: desde el *Ars amandi* —o su elogio de la conquista adulterina en tiempos de moralización pública— a las distintas posibilidades erótico-amorosas: la contemplación de la emperatriz Livia, desnuda, mientras se bañaba —como Susana y los viejos, o Giges y la mujer de Candaules, o la esposa del general Urías, Betsabé, y el rey David, sólo que Ovidio no era viejo, ni había sido invitado a contemplarla y reinaba el todopoderoso Augusto—. O la irrupción del poeta en pleno fornicio entre el emperador y su hija Julia —una visión fortuita y más escatológica, por su carácter incestuoso, que la visión de Livia desnuda— y, más escandaloso aún, su favorecimiento como alcahuete y contemplación como mirón del adulterio de la pequeña Julia, nieta de Augusto. Fuera lo que fuera, Publio Ovidio Nasón había metido la nariz en demasiados asuntos privados de palacio, y perdón por la fácil broma.

Empapado de Catulo y de Marcial, de Tibulo y de Juvenal, opté por las tres causas a la vez —tozuda reincidencia del tratadista de Eros en colmar el vaso de la augusta paciencia— y su lógica desembocadura en Tomis, tierra de bárbaros y limes del imperio. Tomis era el reverso de la refinada Roma que adoraba a Ovidio y sus metamorfosis hasta que llegó la condena al exilio y por tanto al disimulo, al silencio y al olvido. El poder, en vida, siempre tiene la última palabra y sólo el tiempo puede quitársela, cuando a sus víctimas ya no les sirve de nada.

Todo —Ovidio, mis padres, Sara...— lo he escrito para no escribir de mí mismo y hacerlo no haciéndolo. Escribirse a través de los otros, como si sus vidas hubieran ocurrido sólo para mirarme en ellas y ser escritas por mí. Ésta es la herencia de la literatura, la tradición del escritor. Pero no soy escritor; sólo un transcriptor, un mero testigo no sé muy bien de qué.

O esto es lo que era hasta que apareció Miriam.

6

Recordé las palabras de mi padre cuando lo visité en la clínica. Tenía cáncer de colon y estaba en fase terminal, enchufado a una botella de oxígeno: «En los últimos tiempos —me dijo—, cuando dormíamos juntos, tu madre lo hacía en el borde de la cama, lo más alejada de mí posible. Y al levantarme yo temprano, después de afeitarme y ducharme y volver a entrar en el cuarto, la encontraba en mi lado de la cama, completamente volcada y abrazada a mi almohada o a la suya. Esto ocurría, ya digo, al dormirse ella, nunca mientras estaba despierta. Durante la vigilia siempre mantuvo las formas, como a mí me gusta, incluso alguna noche nos abrazábamos al dormirnos. Pero una vez dormida, ella escapaba de mí para salvarse y es fácil imaginar lo que habría dicho el doctor Freud, o cualquier cantamañanas de los que interpretan el lenguaje postural, creo que lo llaman así ahora, en las entrevistas de trabajo.

»Eso sí: nunca dejamos de acostarnos juntos. En la cama siempre le hice gracia. Existía una música cómplice, si puedo llamarla así, entre nuestros cuerpos. Y al acabar, ella se reía; siempre se reía. Como una forma de agradecimiento a su propio cuerpo, a la naturaleza, a Dios, vete a saber. Pero se reía y yo disfrutaba con esa risa casi más que con sus jadeos o sus gritos. Hasta que también la risa se torció; no es que desapareciera, es que se torció. Había un fondo de desesperanza en ella, cercano al desequilibrio. Y me dio miedo. Tú pagaste el pato, pero yo no podía quedarme: nos estábamos haciendo demasiado daño».

Una música cómplice... Lo cierto es que debe de existir una sintonía secreta entre los cuerpos que han permanecido juntos tanto tiempo y se han amado y detestado como sólo se aman y se detestan en un matrimonio. Dos meses después de la muerte de mi padre, mi madre enfermó. De lo mismo: cáncer. Más que enfermar, se lo descubrieron cuando ya era tarde. Con el cáncer siempre es tarde; lo es antes y lo es después. Pero en el caso de mi madre la metástasis se había adueñado de ella sin dejar rastro previo hasta que una mañana cayó en la calle, víctima de un repentino mareo, y al día siguiente, entre el médico —que era su primo y sobrino también de la Abuela Ponga un Poco de Todo— y yo, instalamos una habitación clínica en casa. Junto a la galería que daba al jardín. «No quiero morir en el hospital —había dicho siempre—, y tú te encargarás de que se respete mi voluntad. Las personas han de morir en su casa y los animales también, no creas. Rodeados de los suyos y los cuidados médicos a cargo de una enfermera. Yo sólo te tengo a ti; la vida que tuve se esfumó bajo la luz eléctrica. Hubo de todo, pero el balance ha sido bueno. Ahora sólo me queda pasar este trance lo mejor posible.»
El trance duró un mes y fue ella quien me ayudó a pasarlo de la mejor manera posible.

7

Bajo las fotografías y documentos de la caja escondida en el armario de mi madre, junto a las cartas de Sara Gorydz, había otra dirigida nunca supe a quién. Más que carta, era una copia a máquina y papel carbón escrita por mi madre. Sin firmar e interrumpida caprichosamente. Quiero decir que hubiera continuado leyendo cien cuartillas más y de haber existido esas cuartillas es probable que nada estuviera contando ahora. Todo lo habría contado ella: la voz de la madre es nuestra primera voz y la voz —lo decía Proust— donde buscamos la aprobación de nuestra escritura. O lo que es lo mismo, de nuestra vida.

«Un río caudaloso cruzaba la ciudad y a un lado estaba Oriente y al otro Occidente, que son dos maneras distintas de amar. A un lado las cúpulas de cebolla y los luminosos baños romanos; al otro, los minaretes y los oscuros baños turcos. Los transbordadores surcaban las aguas cobrizas del río en los largos atardeceres y también sus aguas azules cuando salía el sol y los perfiles de la ciudad resplandecían como si alguien hubiera encendido la luz.

»Cuando estaba en la cama con mi marido, oía las campanas de la basílica, y cuando estaba con mi amante, los cánticos del muecín. Cuando estaba sola, solamente oía mi respiración y esa respiración era lo que ambos bebían mientras hacíamos el amor, y también lo que se alimentaba de ellos al quedarme sola en el lado de Occidente. En el de Oriente nunca estaba sola.

»Mi marido se llamaba Hugo y era periodista. Mi amante se llamaba Paolo y era escritor. Ambos tenían un puesto diplomático en su embajada. La ciudad era preciosa y el mundo estaba en guerra.

»Dicen que la guerra excita los sentidos y lleva al límite las emociones, como hace el amor. Es posible: la guerra proporciona escenarios y atmósferas favorables a toda clase de pasiones, pero yo entonces estaba enamorada y no hay mejor atmósfera ni ciudad —en guerra o no— que la que vives cuando estás enamorado.

»Mi marido era agregado de prensa. Se pasaba la vida en los cafés, con sus altas cristaleras, los samovares de plata y las claraboyas de motivos florales. No tenía mucho trabajo y del escaso que había muy pocas noticias llegaban a publicarse. La censura todavía era férrea y de los fracasos de nuestros aliados —la guerra comenzaba su ocaso— nada querían saber en Madrid. O nada querían que se supiera. La vida era una cortina de agua y lo que estuviera al otro lado tenías que adivinarlo. En cuanto a él, siempre lo quise, pero llegó a convertirse en una especie de hermano, no sé si mayor o menor, de esos que oscilan entre el despotismo y la sinvergonzonería. El tiempo acabaría separándonos, aunque todos seamos víctimas de nosotros mismos y no de los demás.

»Conocí a Paolo en un cóctel de la embajada italiana, recién llegada de París, de uno de esos viajes con los que mi marido compensaba alguna de sus infidelidades. La de viajes a París y abrigos de piel, la de galgos rusos (y alguna pulsera de Cartier) que se habría ahorrado de saber que nunca las contemplé como infidelidades. Además, a mí no me importaba acostarme con quien me gustara, al revés. Y sus veleidades —siempre dispuesto a cambiar de amante como quien se cambia de calcetines— eran una especie de permiso o salvoconducto con el que yo cruzaba cualquier frontera sin necesidad de dar explicaciones en aduanas. Por necesidad, capricho o juego. Con Paolo fue diferente. De Paolo me enamoré.

»Antes de la retirada de nuestros aliados llegó el tiempo de las listas. Yo adoraba las listas. Desde pequeña. Las listas de la compra que hacía mi madre y guardaba después entre las páginas de su dietario. Las listas que empecé a escribir en la adolescencia —partes del cuerpo humano que me parecían especialmente interesantes, tipos de mariposas, objetos de una habitación, compositores musicales que me gustaban...—. Yo adoraba las listas hasta que llegó el tiempo de las listas y a partir de entonces las odié. Las listas pueden ser terribles y esconder toda la vileza del género humano.

»El nombre de Sara Gorydz estuvo en esas listas desde el primer momento. Sara Gorydz, Varsovia, 1922, periodista (Traslado).

»Al principio mi marido confiaba en la embajada, pero al ser Sara polaca, la embajada española no podía hacer nada. Si hubiera sido turca, portuguesa o marroquí... Siempre se hubieran podido demostrar sus raíces sefardíes, pero siendo polaca... Y de los falsificadores no se podía fiar nadie: estaban todos a sueldo de los servicios de contraespionaje y su fama de chivatos era intachable.

»Entonces Hugo me pidió lo más inesperado que podía pedirme.

»—Has de convencer a Paolo de que se case con Sara y se vayan los dos de aquí. Para siempre —dijo.

»Yo ni siquiera sabía que sospechara de mi relación con Paolo Zava. Nunca he sido de las que hacen públicas sus infidelidades; incluso en esa época que bailaba sobre el límite entre el fin del mundo y el nacimiento de un mundo nuevo, nunca lo fui. Él sabía —y no siempre, tan ocupado en sus líos— que le era infiel, pero nunca con quién. No sé si lo habríamos soportado: ni él, ni yo.

»—Es la única forma de salvarla —añadió Hugo—. Casada con un fascista italiano, amigo, además, del conde Ciano, es el mejor salvoconducto que podemos obtener, créeme. Judía, polaca y periodista... Será un milagro si logra salir de aquí y Paolo es la llave de esta cárcel que cada día va a peor y acabará siendo terrible. Las hienas ya sonríen a plena luz del día ahora: la hora del festín se acerca.»

8

Me costó encontrarlo y además había cambiado. Vivía en la Barceloneta. Llevaba camisas floreadas, se había teñido el pelo de color caoba y me pareció que se pintaba los labios y las mejillas de rosa. Pero seguía teniendo la voz cazallosa que lo hacía inconfundible y, que siendo él mucho más joven y yo un niño, había llamado tanto mi atención al presentármelo mi padre en el periódico: Octavio. Así, a secas. Octavio era el jefe de cierre y si era necesario algún cambio de última hora había que pasar por él. Era también un hombre muy aficionado a los cuerpos de alquiler y siempre pensé que compañero ocasional de mi padre en sus farras nocturnas.

—Tu padrre erra un samurrái del coño, chico.

Lo dijo paladeando cada sílaba. Miré el mar. Ahora regentaba un chiringuito frente a la playa y se movía entre las mesas apoyado en un bastón. Había engordado. O más que engordar, su cuerpo se había deshecho, tomando unas direcciones insospechadas que le provocaban cierta inestabilidad al andar. Efectivamente: había cambiado. Ya no se ocultaba: miraba con descaro a los jóvenes, cuanto más musculados, mejor.

—Tu padrre erra un samurrái del coño, no lo dudes. Cuántas veses lo acompañé por los barres y meublés, cuántas mujerres entrre sus brrasos. Lo rrecuerrdo ahorra, sentado sobre una cama rredonda

46

(la colcha erra de satén asul turrquesa, algo mancha-
da, sí, las manchas de erros), con las manos llenas de
polvo de cocaína y trres mujerres abrrasándolo porr
aquí y porr allá, ya sabes, y él con la narrís empolva-
da, como un niño que ha metido la carra en un pastel
y sonrríe también como un niño. Le gustaba meterr
la carra en todos los pasteles. La carra y lo demás.
Y qué demás... Tan felíss, él, en su parradiso parrti-
cularr, como si nada más existierra: pérrsonnashh, tu
padrre. Lo quise mucho y nos lo pasamos muy bien
juntos. Yo conosía sitios espesiales y él disfrrutaba
tanto en esos sitios... Cómo disfrrutaba, tu padrre...
Y qué rrisa tan masculina... Aquella rrisa lo desía
todo, todo lo desía... Y las mujerres se volvían locas...
Locas porr él, tan apuesto y aguerrrido. Un samurrái
del coooño, chico...

Octavio no era ruso, ni armenio, ni turco, ni
nada por el estilo. Hablaba así porque lo consideraba
sofisticado. Se había inventado una forma de hablar
que lo distinguiera y colocara, estaba convencido,
por encima de los demás. Una lengua extranjerizada
que lo hiciera más singular; por si no bastara con su
manera de ser, turbia, complicada y excéntrica, decía
mi madre.

—Y erra generroso... Muy generroso. La de
abrrigos de piel que llegó a regalarr aquel hombrre.
El mejorr...

Y después de observarme con detenimiento:

—Perro toda rrasa decae, el destino naturral de
cualquierr familia es el hundimiento, chico. Y mirra
que tu madrre erra una señorra de arrriba abajo... En
cuanto a esa Sarra... ¿cómo erra su apellido, Moorritz,
Loorring, Boorriff...? Ah, sí, Goorrydz... Tu padrre

no dijo nunca ni media palabrra. Nada dijo nunca, chico, de esa mujerr. Quisá no fuerra tan imporrtante como te parrese a ti, chico.

Y Octavio calló. Cogió un paipay con motivos chinescos que había sobre la mesa y empezó a abanicarse en silencio. El sudor le había empapado la camisa y le perlaba el rostro, que parecía de arcilla reblandecida. El rosa de las mejillas desteñía y los labios le temblaban, como si hubiera hecho un gran esfuerzo. El pelo se le pegaba, mojado, a las sienes. «¡Rraúl!», llamó. Y el mulato de ojos verdes que servía en la barra se acercó sonriente: sólo faltaban las maracas. Pero aquella sonrisa no era amable, sino una demostración posesiva de intimidad y mando, un secreto a voces, tan viejo como la humanidad.

—A eeeste caballeeerro no le coobrres nuuunca. Por veses que veeenga, sieeemprre estarrá invitaaado porr la caaasa. Como de la famiglia, este caballeee-rro.

Y me pareció que la palabra caballero era una apostilla a la palabra samurái. Una diminuta nota a pie de página, con un ínfimo cuerpo de letra. Tiempos muertos.

9

«Nunca he sabido si Venecia es una ciudad para el amor o para el dolor. Si celebra la vida o es una elegante máscara de la muerte. Si está hecha para la melancolía —de lo que estoy convencido— y, si llevo razón, para cuál de sus especies, que son muchas y distintas. Sé que Venecia no es una ciudad para la alegría, pero también sé que el amor no es una manifestación de la alegría, aunque tantos lo crean. De ahí mi duda de si la ciudad está hecha para una cosa u otra. Al fin y al cabo, el amor es la única forma respetable de asomarse a la propia muerte.

»Decir que Venecia es la ciudad de la belleza es demasiado fácil. A qué belleza nos referimos: ¿a la de la plaza de San Marcos o a la de unos peldaños de mármol sucio, lamidos durante siglos por el agua y por los líquenes marinos y los peces muertos? ¿A la belleza que huele bien o a la belleza que huele mal? ¿A un cuerpo por amar, exultante y pleno, agitada su respiración, o a un cuerpo amado hasta la extenuación, sumido en la torpeza y empapado en sus propios humores? En los hoteles sabemos mucho de eso. Los vemos llegar y los vemos irse: un catálogo de promesas rotas, de deseos frustrados, de esperanzas vanas... *Mais la vie continue* y los enamorados siguen viniendo a Venecia, la ciudad de las ventiscas más gélidas de Europa occidental.

»Toda mi vida he comparado a los clientes de hotel con animales. Un hotel, la vida en general, es un tratado de zoología, aunque algunos no pasen, durante el tiempo que se les ha regalado, de meros especímenes botánicos. Suelo clasificarlos cuando entran por la puerta giratoria. La dama ocelote y el caballero grulla. El hombre bisonte y la mujer boa constrictor. El joven zorro y la chica mantis. Una destilación de la fisiognómica de Lavater. Ella era una garza japonesa aleteando sobre la nieve y él un salmón, agotado por el esfuerzo, que retorna a morir al lugar donde nació y fue feliz. Ese lugar no era Venecia; ese lugar era ella.

»Una mujer puede ser una ciudad, el estuario de un río, una bahía o una jungla; basta con tener cierto espíritu de explorador. Al fin y al cabo, ¿qué es un amante, sino un explorador que reconoce una *terra incognita* y un geógrafo que dibuja y bautiza los accidentes orográficos? Venecia es la iluminación de todo eso: un mapa iluminado es más bello que el grabado solo, en blanco y negro. La vida suele ser en blanco y negro; pasada por Venecia, se ilumina y adquiere colores nunca vistos anteriormente. Como la pintura. Ella no necesitaba Venecia, pero él creía que sólo Venecia la merecía. Por eso vinieron al hotel. Por eso salían por las mañanas en dirección a la Academia o a visitar los Carpaccios de la casa de los Eslavos, junto a la sede de la Orden de Malta, y a pasear por las *fondamente* y los *zattere*. Antes de irse, me pedían que les reservara mesa en la Antica Locanda Montin. Y allí se encontraban al poeta norteamericano, al que enjaularon al acabar la guerra, y a su mujer, doña Olga, de la que decían era un poco bruja y luego se vino a vivir aquí. Iban todos los días a comer y el norteamericano se enfadaba, tan celoso, si creía que algún comensal la miraba más de la cuenta. Al revés que el señor Zava, orgulloso de pasear con la señora y lucirla, orgulloso de vivir y haber sido premiado con la compañía de ella, por el mero hecho de ser y de conocerla... El amor se detecta, como el deseo. Eran tiempos difíciles aquéllos, pero todos los tiempos lo son. Nuestro único problema en la vida es el tiempo y su plural puede acabar con nosotros tan fácilmente... Yo sobreviví a esos tiempos y no crea, no fue fácil; yo venía de la penúltima gran época veneciana, la de Marcel Proust y Fortuny, la de Cléo de Mérode y Liane de Pougy, la de las grandes duquesas rusas y el solitario señor Mahler. Aguantar a aquellos fantoches de la calavera de plata, vestidos de negro y con puñalito en la cintura, era peor que aguantar la soberbia de los oficiales austríacos en el Quadri, me decía mi abuelo... Yo soy del Florian, ¿sabe? Y el Florian es un amuleto que todo lo resiste. Usted es muy joven, pero veo que también le gusta, los pequeños veladores de mármol, las pinturas orientalistas, su carácter de lujoso refugio en las heladas veladas de invierno... Sí, usted también habría sido del Florian. Los austríacos no. Como si su esteticismo no fuera con ellos. El Quadri es muy bello, más cartesiano, o tratándose de los austríacos, más kantiano, pero Venecia, la mejor síntesis entre Oriente y Occidente, es el Florian... Su madre era como el Florian y el señor Zava lo sabía; eso también se detecta: como el amor y el deseo. Los recuerdo perfectamente, entrando en el café cuando la niebla se apodera de la plaza de San Marcos y los venecianos

nos convertimos en fantasmas, sí, como usted ahora es el fantasma de su madre y por eso la busca en mis palabras y en los lugares donde ella fue feliz y no se pregunta qué hay de verdad y qué no, ni en mis palabras ni en Venecia.»

10

Mi madre llenaba la casa de voces distintas y en esas voces se daba cita una luminosa representación del mundo. Al oírla, siempre sabíamos, mi padre y yo, con quién había estado mi madre, a quién se había encontrado por la calle, a quién había visitado sin necesidad de hacerlo con mi padre, con el que apenas contaba —o podía contar— para según qué cosas. Ella nunca nos decía el nombre, pero al narrar la conversación modulaba la voz de tal manera que la persona en cuestión aparecía ante nuestros ojos sin dificultad.

Mi madre llevaba en sí todos los personajes de la *commedia dell'arte*. Mi madre llevaba en sí todas las voces de la ciudad donde había nacido y era generosa con ellas porque las vestía de vocabulario y divertidas expresiones hasta darles categoría de personajes y fomentar nuestra curiosidad por su desarrollo. En el tono era donde estaba la esencia y el atrezo lo ponía ella. Mi padre se reía, pero no dejaba de escuchar, y yo la miraba asombrado por su despliegue vocal, tan histriónico como natural.

Cuando lo pienso, ahora que tanto tiempo ha pasado, veo a mi madre convirtiendo nuestra casa en un jardín. Con esas voces que su voz recreaba llenaba de flores la casa como en Versalles Luis XIV llenó de setos, macizos, pequeños cipreses cónicos y alfombras de césped salpicadas de fresias y jacintos la estancia de la reina agonizante, para que así tuviera el jardín a mano y pudiera no sólo respirarlo sino tocarlo estirando un brazo. Sólo que en nuestra casa no agonizaba nadie y agonizar era imposible con la alegría que mi madre traía de la calle, como quien trae fruta, café y legumbres, o exóticos ultramarinos importados del otro lado del Atlántico o la Ruta de la Seda. Cuando ella no estaba, la casa tenía otra luz, más apagada, y el silencio poseía los espacios y las cosas y mi padre y yo sabíamos que estábamos vivos, pero había momentos en que parecía que no. Era en esos momentos cuando él cogía el portante —eso decía: «Manuel, cojo el portante y me largo, ya se lo dirás a tu madre»— y desaparecía algunos días. Ahora sé que se iba en busca de la vida que no sabía tener en casa sin ella, en busca de una risa acompañada por unas bellas piernas y zapatos de tacón. Y que las tardanzas de mi madre no eran tan inocentes como a mí me lo parecían, de tan acostumbrado que estaba a ellas.

Cuando se separaron, mi padre me dijo: «Siempre me han aterrorizado esos matrimonios que ya nada tienen que decirse, más allá de banalidades e intereses comunes relacionados con el dinero. No sólo dan miedo; están paralizados, congelados en el tiempo, esperando la muerte, la misma que ya llevan dentro. Tu madre y yo nunca hemos sido así, pero la desconfianza y la amenaza del tedio que de ella nace (cuando no nacen otras cosas peores) llevan camino de hacernos acabar así. Por eso hemos decidido tomar las de Villadiego —mi padre tenía la costumbre de meter esa clase de expresiones (coger el portante, tomar las de Villadiego) que nada tenían que ver con la manera de hablar en casa, en medio de sus monólogos más serios— e ir cada uno por su lado. No creo que dure mucho, pero tendrás que tener un poco de paciencia». Mi padre se equivocaba. Confiado en sus dotes de seductor, se equivocaba: el silencio de mi madre indicaba que ya la había perdido, que ella ya vivía en otra parte aunque viviera con nosotros e hiciera como que nada pasaba cuando estaba pasando de todo y de ahí el miedo de mi padre a una parálisis infinita que acabara con los dos en el silencio de un mausoleo.

Años después he comprobado que en la literatura he buscado las voces que mi madre traía a casa: leyendo sus cartas volví a escuchar esas voces, esta vez con sonidos ajenos, extraños, procedentes de un mundo que no he llegado, ni llegaré, a conocer. Y que en mi historia con Miriam he encontrado la única voz que mi madre callaba al llegar a casa. Esa que mi padre buscaba entre las otras mientras disimulaba riendo al oírla y detrás de su risa escondía una curiosidad no dicha y la inquietud por el acierto de su sospecha. El fantasma de Paolo Zava y en él, la sombra de Sara Gorydz, quiero creer, o la novela que nunca podré escribir.

¿Su argumento? La Abuela Ponga un Poco de Todo quiso que mi madre, al acabar el bachillerato, estudiara un año en el extranjero y eligió Roma: «Historia, belleza y religión, que aunque yo no crea en los curas, es imprescindible para saber de verdad quiénes somos —contestó la Abuela Ponga un Poco de Todo cuando mi abuelo sugirió París—. Y antes que el orden cartesiano, querido, prefiero el orden clásico; el de toda la vida —remachó—. El otro, que siempre acaba en desorden, ya lo buscará ella, ¿no te parece?». Mi abuelo, a quien tanto le gustaba París, sabía que era inútil discutir con mi abuela, a la que hacía años que daba por imposible. «Pues no se hable más: Roma: caso cerrado», dijo por decir algo mientras ella abandonaba la sala sonriente. «Pues sí: Roma impedirá que en su vida acabe triunfando París», añadió mi abuela sin dejar de dar la espalda mientras cruzaba la vidriera de colores que separaba la sala del recibidor. Mi madre mantenía que la Abuela Ponga un Poco de Todo siempre tenía que decir la última palabra y en eso se parecían bastante.

Y mi madre se marchó a Roma y en el colegio de monjas donde residía encontró a una chica llamada Sara, un año más joven, y esa chica fue su compañera de habitación durante el año romano. A ella también la habían mandado a Roma en busca de un orden —el occidental— que complementara la mezcla eslava, zíngara y oriental de su país. Y su madre había elegido Roma mientras su padre apostaba por Jerusalén y sólo obtenía ser tildado de loco por su mujer. A Sara le gustaba mucho el arte —quería ser lo que después sería Ana, mi mujer— y fue quien paseó a mi madre por todos los museos y rincones de Roma a la caza de Giotto y Miguel Ángel. No sólo ellos —y eso lo sabría por mi padre durante su estancia final en la clínica—, también Botticelli y en Botticelli, la contagiosa sensualidad de los cuerpos femeninos que, un par de meses antes de regresar cada una de ellas a casa, se prolongó en sus propios cuerpos. En su disfrute compartido y en un afecto distinto a los afectos que habían sentido hasta entonces. «Nada, juegos, miradas, mostrarse desnudas, acariciarse un poco, establecer una alianza secreta de las que perduran en el tiempo, precisamente por la época en que suceden...» Años después, ya casada con mi padre, mi madre encontraría a Sara Gorydz, corresponsal de guerra con nombre falso, en la Budapest ocupada por los alemanes. Comprando unos calcetines de lana para dormir: «Ya sabes que los pies helados me lo impiden», le dijo mientras se besaban.

En ese momento mi madre estaba enamorándose de Paolo Zava, periodista y agregado cultural de la embajada italiana, mientras mi padre, el gran samurái del coño, blandía su sable allí donde podía y donde no.

IV. Madame Rambova

Una tarde, el inglés habló. Yo estaba mirando una vieja revista que acababa de comprar en una librería vecina y se interesó por ella. O más que por ella, por el autor de los dibujos que acompañaban el relato que yo leía, Emilio Freixas, su nombre. Eran unos dibujos sofisticados donde aparecían tres reinas magas —así se titulaba el relato, *Las tres reinas magas,* dando la vuelta al misterio bíblico— con casquetes turcos y de valquiria, plumas de avestruz y de pavo real. Como sus lujosos vestidos y sus cuerpos, tan lujosos como la ropa, muy estilizados, muy a la moda de los veinte/treinta.

Al cabo de un rato ya parecíamos dos coleccionistas libertinos intercambiando opiniones sobre los dibujos eróticos del xviii. Pero Freixas no era del xviii y su calidad resultaba bastante inferior a la de aquellos anónimos dibujantes de cochinadas. El inglés me explicó que había acabado publicando tebeos epigonales: *El Capitán Misterio* o *El Murciélago Humano.* No supe si eran suyos o sólo los ilustraba, como ocurría en el relato de mi revista, de un autor menor cuyas obras saturan las librerías de viejo y en cambio fue muy popular en la década de los treinta del siglo xx. Tanto como uno de sus descendientes, que lo sería en la de los ochenta, acusado de complicidad en el asesinato de unos aristócratas españoles. También había, en aquella revista, un reportaje sobre la película *Marruecos* —Marlene Dietrich y Gary Cooper— que le interesó al inglés y un relato de Elisabeth Mulder, motivo por el que yo la había comprado, dada la relación intelectual y sentimental de la norteamericana con el escritor mallorquín Miguel Villalonga. O sea, que después de una semana de habernos observado con cierto disimulo, estábamos hablando como historiadores en un congreso o científicos en un laboratorio. Y a mí me pareció, tras tanto hablar, que el inglés no mentía, aunque con ellos nunca se sepa: un coleccionista de arte puede ser un espía, y un escritor, un traficante de hash. En las islas del Mediterráneo, algo sabemos de estas cosas.

El inglés —Cyril Hugh Mauberley, ponía en su tarjeta— perseguía el rastro de Natacha Rambova en Mallorca. Rambova había dejado cierta huella en la isla. Había construido una hermosa y refinada casa racionalista junto al mar —casa que todavía existe—, frecuentado anticuarios —fue una gran compradora y tenía mucho gusto en la elección de piezas—, enamorado a un noble vasco —un *yachtsman* de la época, aficionado al tenis, el whisky y las mujeres guapas— y escrito un libro en defensa de la sublevación militar de 1936. Su amante y luego marido mandaría durante la guerra un departamento de la marina franquista. Cuando Mauberley me contó el objeto de sus estancias en la isla, me reí.

Yo no había cumplido los veinte años cuando me inventé que Natacha Rambova y Rodolfo Valentino, su marido entonces, se habían alojado a finales de los veinte en el Hostal Perú, un hotelito de mala fama cuya fachada de la planta principal era un precioso balcón acristalado de reminiscencias indianas. Aquella invención de una tarde de verano en un café con amigos —todos poetas que nos creíamos herederos de lord Byron como mínimo— la he visto, años después, publicada en periódicos y revistas como dato cierto. Así se inmortalizan las patrañas artísticas y los mitos y así perviven las tradiciones.

Pero el inglés no iba exactamente detrás de Rambova, sino que la actriz era su señuelo. Mauberley estaba interesado por la estancia en la isla, alojado en casa de Natacha Rambova, del pintor Federico Beltrán Masses. Hacía unos meses que se había rescatado su obra en una exquisita galería de Londres y el cuadro *Salomé* —la hija de Herodías en los últimos espasmos de una masturbación— había fascinado a mister Mauberley, o eso me dijo: fascinado. ¿Era Beltrán Masses un espía?, le pregunté.

—No lo creo, pero estuvo en su isla en unos años en que allí donde uno mirara había espías extranjeros. Nuestros y del enemigo. Pero él, más que espía, fue un pre-Van Dongen, sombrío, más canalla (y eso que Van Dongen sabía serlo) y menos refinado... Entre Van Dongen y Romero de Torres —añadió.

Un cóctel explosivo, pensé yo. Un pintor para gángsters...

Masses era el pintor favorito de Rodolfo Valentino, su pintor de cámara (uno de sus cuadros colgaba sobre la cabecera de la cama del actor) y también lo fue de Marion Davies, la amante de William Randolph Hearst, de la que yo había comprado el año anterior el catálogo de la subasta de sus bienes —muebles, plata y porcelana: ninguna pintura—. Pero allí donde buscaras sobre Beltrán Masses aparecía el listín telefónico del Gran Mundo —Gloria Swanson, Douglas Fairbanks, Rothschild, Clark Gable, D'Annunzio...— o el vicio del *name-dropper.* La noche, los desnudos, el sexo y la cocaína eran asuntos *chez* Beltrán Masses. Como las frutas tropicales, las joyas y los edificios neoclásicos y el azul de Patinir tiñéndolo todo. Había nacido en La Habana, hijo de un militar español y una mulata, por tanto cuarterón; había triunfado en Europa y América, mientras su lugar de origen no era ni América —perdida el 98— ni Europa —perdida en el XVII—. Y como en los cementerios de elefantes, había ido a morir a Barcelona, probablemente de asco y de pena, en plena posguerra española. Quizá recordara en su miseria a todos los millonarios que había retratado: norteamericanos, chinos, europeos... Eso me dijo Mauberley y le ofrecí un par de estudiantes de mi departamento para sus pesquisas, pero los rechazó amablemente.

—Me interesa saber si fue amante de Natacha Rambova, sólo eso —contestó—; sus estudiantes no sirven. Estuvo viviendo aquí en su casa y hay fotografías. En alguna de ellas se percibe la huella cómplice de la intimidad: un albornoz entreabierto, la proximidad física, una manera de sonreír y de mirarse. Lo curioso es que cuando Valentino sospechó que Rambova le engañaba, fue Beltrán Masses quien le aconsejó la agencia de detectives Pinkerton y se hizo su confidente. Ahí su hipótesis tomaría cierto cuerpo: fue un doble espía. Sentimental pero espía. Jugó a los dos bandos y yo querría saber hasta qué punto. Quizá usted conozca a alguien de la época que tratara a madame Rambova... Un superviviente... Eso me interesa verdaderamente y no sus estudiantes.

Me extrañó que la curiosidad de un aparente coleccionista o especialista en arte del primer tercio del siglo xx fuera la posible *liaison* de un Foujita de segunda fila, y pensé que quizá preparara una biografía del pintor, o quería confirmar que el orgasmo de su Salomé era el orgasmo de Natacha Rambova y ahí estábamos los dos, en un viejo convento, como dos coleccionistas libertinos, ya lo dije, de anécdotas amorosas, pinturas eróticas y biografías fantasmáticas, pues en el fondo revelaban más nuestros deseos que los de sus protagonistas. Y recordé a mi madre contándome las fiestas que la actriz ofrecía en las cuevas de Génova, fiestas a las que iba uno de sus tíos. Y las alfombras orientales, los velones encendidos, los damascos entre las estalagmitas eran la escenografía de una pintura de Beltrán Masses. Pero no se lo conté al inglés. No aquella tarde, al menos. Llovía y yo hacía semanas que nada sabía de mi mujer y tampoco de mi amante.

V. La herencia

1

Yo quería ser escritor y tenía una novela, la historia de mi familia. Tenía una novela en la cabeza y una novela a mi alrededor, una novela mental que se desplegaba ante mí como los Carpaccios de la escuela veneciana de San Giorgio degli Schiavoni ante el visitante, observador o no. Yo quería ser escritor, pero no lo era —ningún hombre es lo que no hace— y acabé de profesor universitario en un ambicioso Departamento de Estudios Biográficos. O sea, de mitómano cargado de manías.

La voluntad de ser escritor, o de creerse escritor, engendra tantos monstruos como el sueño de la razón goyesca. Se incuba un profundo engreimiento en el escritor que no escribe, cargado de desprecio y resentimiento hacia los que sí lo hacen. Para ser respetado por él, el verdadero escritor ha de estar muerto. Y eso al comienzo. Con el tiempo también a los venerados se les buscarán defectos y errores, se intentará socavar su reputación, se los desterrará al limbo de los que no tendrían que haber sido. Y se crearán las modas como quien juega a la Bolsa: éste al alza, éste a la baja y aquel de más allá, expulsado del mercado bursátil. *Deus ex machina*, demiurgo omnipotente, desde la tarima o en la conversación del bar —siempre la seducción como caballo de Troya— se lanzarán anatemas sobre aquel que aparece en los periódicos y un par de alumnos han citado ya dos veces en clase. Se hará arder en el menosprecio el libro que tan buenas críticas, internacionalmente incluso, ha cosechado otro. Se intentará mermar la admiración detectada en los ojos de una alumna por los versos de quien fue compañero de curso, décadas atrás. El estudio de la literatura es un safari y la mente del escritor que no escribe, un gabinete de trofeos de caza donde predominan las panoplias con cornamentas, fruto de los celos. Un imaginario Deyrolle enmohecido por la amargura, en la seguridad de que derruir es más fácil y efectista que construir y alumnos en quienes sembrar cizaña no han de faltar, aunque cada vez haya menos interesados en la literatura y la literatura —estamos en esa senda— deje de interesar y al no existir la memoria todo sea impostura, falsificación y plagio (perdón: intertextualidad). Una gran sabana es la literatura, una jungla tropical para el escritor que no escribe y va a la caza de búfalos y guepardos, de panteras y ocelotes. Y ya sólo él, el escritor que no escribe, sabrá —o por lo menos lo creerá— distinguir entonces entre un ocelote y un guepardo, pero no tendrá a nadie para enseñarle las pieles capturadas y hablarle del leopardo de las nieves que él mismo fue un día. Nada le va a servir ya: habrá sido la principal víctima de sus estrategias narcisistas. Su propio retrato sobre la chimenea, con una mueca estúpida en los labios y rodeado de cuernos de ciervo, de gacela, de rinoceronte incluso: lo que yo, en fin, habría podido ser, lo que yo todavía corro el peligro de ser, aunque piense que me curé de todo eso leyendo a los clásicos. O mejor: que me curé de todo eso con Ovidio. Con su esplendor en Roma y su desolación en Tomis y mi tesis doctoral abarcando las dos ciudades.

Yo quise ser escritor y estaba convencido de tener una gran novela en la historia de mi familia. Una novela-Tolstoi en origen y una novela-Dostoievski en su desarrollo que demostraría al mundo el escritor que era: el escritor que no sería nunca. Pero la literatura es generosa y se deja parasitar sin protestas ni reclamaciones. Para premiarte con ella no es necesario que la alimentes; con vampirizarla es suficiente. Yo no fui escritor y me convertí en funcionario de la literatura. No en sacerdote o en vestal, sino en funcionario, no seamos pretenciosos: para eso está la universidad ahora y para eso han estado las academias siempre. Oficinas —templo es palabra que les viene grande— de poder administrativo. Mi padre no dijo nada: al fin y al cabo siempre había trabajado —y es un decir— al servicio del Estado; mi madre sólo comentó: «No te lo diré nunca más, pero considero que te equivocas; un sueldo seguro no lo es todo en la vida». La Abuela Ponga un Poco de Todo se habría reído de mí cogiéndome el rostro con ambas manos. Pero tanto su risa como su mirada habrían sido inquietantes. Por suerte, ya no me vio opositando.

Pero en vez de la envidia o la frustración del escritor que no escribe, lo que yo sentía ante los libros de los demás era la admiración y el deslumbramiento. El enriquecimiento de mi vida de funcionario de la literatura. Y en las vidas de los que los habían escrito buscaba, a través del trabajo de mi departamento, el secreto de aquel misterio: cómo la alquimia de la escritura transforma una vida, cualquier vida, en una vida distinta y apasionante. Aunque no se mueva de su ciudad natal, aunque no se levante de su escritorio, aunque trabaje de oficinista en una compañía de seguros, aunque sus días transcurran con idéntica precisión y monotonía que los días de Immanuel Kant en Königsberg. Y así edifiqué con esas vidas una escuela de permanente aprendizaje. Era mi manera de suplir la vida que no tenía y había visto en mis padres, al margen siempre de que yo estuviera ahí para intuir, contemplar o saber. Como si ellos hubieran elegido cierto hedonismo revestido de vitalismo como única categoría de pensamiento y acción —ya que estamos kantianos, como imperativo categórico— al margen de quien estuviera en medio. Al margen también de su propio hijo. O empezando por su propio hijo, que creció observando esa vida desde el margen.

A veces me imaginaba como el protagonista de *La lente de diamante,* de Fitz-James O'Brien, enamorado de un ser —enamorado de una vida— inaccesible, que sólo podía contemplar a través de una lente maravillosa —la literatura— instalada en mi microscopio de especialista. Como un *voyeur.* O mejor: como un lector.

2

«Si acabas en la universidad, perderás la brillantez que tengas. Adiós a la cohetería de la familia y su lucidez y bienvenidos sean el tostón y el plagio; todo allí es de segunda mano. Su única originalidad es el capricho y menuda originalidad es ésa: todos los mimados son caprichosos y en esta vida te los vas a encontrar a puñados, hijo mío. Por no hablar de su engaño al hacer creer que son los sacerdotes del templo de la sabiduría, en fin... Ah, y no olvido la conspiración y los celos: tienen tanto tiempo libre que, de puertas adentro, han de dedicarlo a las bajas pasiones del escalafón y las habladurías y la traición. Y eso que con Franco las banderías políticas están prohibidas; imagínate si no: el acabose. Mucho mejor la escritura; mucho mejor: no dependes de nadie más que de ti; trabajas solo y a nada has de dar cuentas salvo a la literatura. Piénsatelo.»

Fueron las últimas palabras de mi madre respecto a mi oficio en la vida. Después ya nunca me comentó nada más. Era como si me pidiera la responsabilidad que no tuve frente a una de las herencias que iba a dejarme: la novela de mi familia. Y no sólo eso: a mi madre nunca se la convencía con una argumentación lógica y racional, ya fuera breve o extensa; eso lo dejaba, decía, «para los espíritus pobres». A ella la desarticulaban la lucidez repentina, la frase contundente, la analogía imaginativa, el golpe de efecto sin trampa... Entonces podía pasar de pensar blanco a pensar negro y encima agradecida —la sonrisa contenida, el dulce descenso de los párpados o su manera de jugar con un cubierto sobre el mantel...— con aquel que le había hecho cambiar de opinión. Aquella tarde —ella se iba a jugar al *bridge* con sus amigas— no hice nada de eso. Yo quería ser escritor, pero cuando intuí que mi voluntad podía ser una forma de no decepcionarla me asaltaron las dudas sobre mi talento. Con las cartas de Sara Gorydz entre las manos, pensé que no me había equivocado. Y si no fuera una simpleza impropia de mi madre, diría que al decirme aquella tarde lo que me dijo, ella estaba pensando en Paolo Zava.

En aquellas cartas se contaban cosas de la guerra que vivieron los tres juntos —Paolo, Sara y ella— y sobre todo de Zava y su trabajo de entonces en la universidad. Había en varios sobres recortes de artículos suyos sobre arte y erotismo a finales del xix y principios del xx. Como si Sara, la escriba, no contara. Como si Sara se hubiera eclipsado detrás de Zava y en cierto modo detrás de mi madre. ¿Por qué de mi madre? Porque esas cartas transparentaban un metalenguaje amoroso que, diciendo sin decir, se dirigía a mi madre, aunque no sólo a ella. Sara estaba exiliada en esas cuartillas, como lo estaba Ovidio en Tomis, no sólo de la ciudad donde amó sino de su vida. Sara, en sus cartas, dejaba de ser ella para ser ella misma en lo oculto que hay en el texto. Se escondía en el lenguaje porque supo que el amor no existe fuera del lenguaje y la representación; que ninguna experiencia es nada sin su interpretación a través del lenguaje. Y eso estaba en todas sus líneas y no estaba en ninguna: como la carta robada de Poe.

Pero al no encontrar junto a esas cartas las cartas, o sus copias, que le mandó mi madre —o que debió de mandarle, quizá el silencio fuera su única respuesta—, caí en la cuenta de que ese metalenguaje era para cualquier lector, en este caso yo, pero también —o sobre todo— mi padre. Aunque sus palabras más tiernas fueran para mi madre, las más equívocas podían ser para cualquiera de los dos.

Cuando al morir mi madre encontré las cartas de Sara Gorydz ocultas entre sus cosas, yo llevaba un tiempo buscando las claves para comprender mi novela no escrita a través del lenguaje de los escritores enamorados. Mi objetivo era averiguar cuándo fue que la pasión llegó fulminante como la fiebre alta —y no como una malaria endémica, tal como había ocurrido siempre en mi familia— a la vida de aquellos escritores que estudiaba en mi Departamento de Estudios Biográficos. Y a partir de ahí empezar a establecer una hermenéutica de la pasión que me permitiera conocer las razones de nuestra diferencia familiar. En esos días el destino —y el amor es una de las formas más evidentes del destino— tenía reservado para mí otro viaje distinto y no era una novela. Mi madre diría que la culpa era mía por haber decidido formar parte de ese «nido de petulantes vagos que es la universidad». Y supe que todo tenía que ver no con mi novela sino con mi propia vida, no la de mis padres.

Fue al poco de aparecer Miriam, mi alumna que nunca fue mi alumna, aunque siempre me llamara profesor.

Yo quise ser escritor, del mismo modo que Karen Blixen tuvo una vez una casa en África...

VI. Sobre el amor y la ficción

1

La revelación es un don del ser humano. La tienen muy pocos, pero aquellos que la han vivido cuentan cosas muy parecidas y suelen resumirse en la certeza de estar fuera del tiempo y el espacio y desde ahí verlo todo en su verdadera forma. Pero también hablan, aquellos que la han sentido, de una clarividencia en particular —o mejor: de la clarividencia— y ésta los une a todos: de repente nada se escapa a su entendimiento —las lenguas, el universo, las ciencias del pasado y las que no existen aún, las religiones, la historia, Dios, el magma de la Tierra...— y ese entendimiento está por encima de cualquiera de esas partes que componen el todo. No es un sentimiento epifánico, sino algo superior que no saben definir: de golpe poseen una sabiduría metafísica que los eleva más allá de la conciencia humana. Una sabiduría que llega y se va, pero deja una huella que nunca se ha de acabar y la certeza de que ya no volverás a ser el de antes. La pasión también es un don del ser humano y una vez vivida también se está impedido para volver a ser el de antes. Como cualquier amputado, porque eso es lo que se es después de una pasión vivida. Al contrario que después de la revelación. Porque en la pasión no hay revelación; hay posesión.

Y una armonía secreta con leyes distintas. Como el cuerpo desnudo de la amada. Su belleza y su impudicia, su elegancia y su primitivismo, su delicadeza y su salvajismo. En él abrazamos Creta y Constantinopla y abrazamos a Susana y a Betsabé y a Scherezade abrazamos y a las bacantes y a las ninfas y a Venus y a Circe, porque en su cuerpo desnudo abrazamos el tiempo, todo el tiempo, todos los siglos hasta el principio de los tiempos. Y en el tiempo del enamoramiento no existe más mujer que ella, que es todas las mujeres y su presencia desnuda las exalta y niega, mientras se tensa en nuestros brazos y sus espasmos se funden en un grito sordo que surge del magma de la Tierra, porque ya no hay diferencia entre ese cuerpo desnudo y el magma que abrasa y nos da la vida o el esplendor de la Gran Hembra que habita en su interior, cuyo eco, el enamoramiento, es el santo grial de los sentimentales cuando no lo buscan, sólo cuando no lo buscan y se les desvela el secreto en un lugar no rastreado ni perseguido. Y si es secreto, ¿por qué lo profanan, aireándolo? ¿Por qué se abrazan o besan donde pueden ser vistos? Ocultos como el avestruz lo hacen; en la calle, en una sala contigua, en la entrada de un edificio, en un despacho entreabierto... ¿Por qué los amantes se arriesgan a ser descubiertos, cuando la clandestinidad es su estado natural, y lo contrario, la pérdida de su condición? La naturaleza del mundo donde viven es autista, no tiene normas, los arrasa, los succiona, los expulsa y en su ceguera creen que los invisibiliza, cuando sólo es la calidad de su deseo la que es inalcanzable para los demás; sus actos acabarán siendo vistos, atrapados, envidiados, desmenuzados, criticados, castigados por quienes se consideren dañados por ellos y satirizados por aquellos que nunca sintieron lo mismo y si lo sintieron prefieren no recordarlo y hacer como si no lo hubieran vivido, que es lo que llevan haciendo desde que todo acabó.

Regalo y condena el enamoramiento, ambas cosas y no una, como dos son los cuerpos y las almas enlazados y dos el pasado y el futuro unidos en un presente hechizado que no queremos que acabe nunca e intentamos retener con abrazos, caricias y fluidos, agarrando la carne —espalda, cuello o nalgas— con la mano entera y apretando, como quien cayera al vacío, porque vacío es la ausencia de enamoramiento, y los dedos en boca, vagina y ano, llenando otros vacíos —no hay lugar para el vacío en el amor— o refugiándolos bajo las axilas que antes hemos lamido como hemos lamido otros pliegues, diciendo, con un lenguaje diferente, «todo lo tuyo deseo porque todo lo tuyo me engrandece y en todo lo tuyo soy como no he sido antes ni seré después». Uno en el universo, cuando el desorden natural desaparece —sólo el desorden amoroso existe y su armonía tiene leyes distintas— y ambos cuerpos son uno solo —tantas veces se ha dicho, pero no importa—, un mecanismo perfecto, como las constelaciones, la carrera del guepardo o la materia oscura. Uno en los ojos que se miran y contemplan y no se miran ni contemplan y el dolor secular del alma está en el gesto y no en el placer, y los gemidos son música y la respiración es el mensaje de los dioses: éste es nuestro regalo, ésta nuestra condena; cuando lo hayas probado ya no serás el mismo; cuando ya no lo tengas o lo hayas perdido o arrancado de ti, vagarás extraviado en ti mismo sin ser tú del todo, buscándolo y al mismo tiempo sabiendo que buscarlo es no encontrarlo jamás. Y la memoria será un útil tosco y primitivo —sílex, barro o piedra— frente a la prodigiosa complejidad del amor, que sólo es presente y el pasado su pálida sombra.

La ausencia de la mirada del otro, de la mirada que nos hace conocedores de lo que somos y podemos ser. No llegar a ser, sino ser. Siempre creí que la Abuela Ponga un Poco de Todo no necesitó de esa mirada. No se necesitó más que a sí misma y se tuvo. Mi madre no. Mi madre perdió la mirada de mi padre —tan dispersa y caprichosa— y por mucho que él, sin dejar de mirar aquí y allá, supiera mirarla como siempre lo había hecho, ella sintió que esa mirada ya no era. Ni era, ni estaba. Y debe de ser difícil acostumbrarse a eso, tan joven. Hasta que apareció Paolo Zava y ella volvió a ser quien sabía que podía ser y Budapest y Venecia y los ríos y las nieblas, metáforas de la vida y el amor cuando lo es. Nunca, me dijo Octavio, nunca había estado tan guapa, tan radiante, tan poderosa. Y se nota en las fotografías de la época, donde brilla con una intensidad inusual. Se nota en su mirada satisfecha y en los gestos, como de felino enseñoreándose del paisaje. Incluso en los vestidos se nota, más volátiles, con más aire y presencia que nunca.

Pero mi madre, tan guapa, radiante y poderosa —nunca se me hubiera ocurrido aplicarle este último adjetivo—, había perdido la mirada de mi padre —o eso creía al menos— y perdería la de Paolo Zava. O mejor, dejó que se perdiera y nunca sabemos por qué dejamos perder sentimientos y vidas posibles, nunca sabemos, quiero decir, si hicimos bien o si torcimos algo que no debíamos, rompiendo así el orden natural de las cosas y rompiéndonos por tanto por dentro. Poco a poco rompiéndonos sin darnos cuenta de que nada roto en nuestro interior puede repararse. Y menos aún desde la reincidencia.

Porque es cierto que ellas sólo son del todo en la mirada del otro y también en su deseo y en ambos toman forma y son de una manera distinta a la que eran solas, la manera que ellas sueñan y quieren para su vida, aunque sea de modo fragmentario y luego cambien —por sí mismas o a raíz del comportamiento del otro— y vuelvan al origen y a la insatisfacción de no ser del todo como habían sido o sólo soñaron serlo. Y cuando una mujer deja de ser mirada por quien lo hacía —la esposa cuyo marido tiene una amante y ojos sólo para ésta—, se pierde y extravía y el dolor se vuelve desequilibrio y quizá busque el equilibrio perdido en otra mirada si el marido se despista o extravía él mismo en brazos de su amante. Porque la mirada es lo primero que cambia y ellas tienen un radar sutil y extremo para advertir esos cambios, el brillo mortecino que refleja desinterés o fastidio o ensoñación en otra parte, esa otra parte intrusa que merma y desarbola. Y ese radar vigila al hombre, con las primeras señales, las veinticuatro horas del día lo vigila, y le tiende trampas y establece maniobras, falsas alarmas que no son percibidas y que delatan la miopía, el autismo, el estar en otra parte, allí sí entregado y pleno y abiertos los cinco sentidos e inventado uno nuevo, mucho más preciso y rico, el del enamoramiento, que reúne los otros cinco y los eleva hasta donde no estuvieron antes y donde no estarán después, cuando todo acabe y pase.

Y mientras el tiempo del amor transcurre en otra parte —el enamoramiento lo detiene y abstrae de los otros tiempos que corren—, mientras ellas están solas y lejos del hombre usurpado, se inventan un mundo que no existe, construido o reafirmado a medias con las amigas con las que charlan y se cuentan, un mundo que traicionan a la primera de cambio, o se hunden en una amargura alegre o en una alegría amarga, pero ahí permanecen como caracoles sin caparazón aunque más ligeras y aparentemente más aguerridas y desde ese lugar sus frases pueden ser como hielo, no hay cuchillo de fuego o hierro que llegue y hiera a tanta profundidad como la palabra de ellas cuando están solas y no perdonan.

Y la ropa es un aliado, pero sólo al comienzo de la batalla: los pantalones bajos en la mujer madura están para enseñar, si se desea hacerlo, siempre el deseo de ser vistas, la espalda todavía tersa al agacharse y el nacimiento de las nalgas, el vacío que excita y apunta un Suez deseado, con África al fondo, pero un África ya saqueada, como nuestro barco cuando no es el que atravesó mares y recaló en bahías que ahora no existen, ya no es el barco donde uno se reconoció en la travesía. El tiempo hace su trabajo, siempre lo hace, mientras las más jóvenes llevan pantalones recortados, tensos y altos, hasta casi la cintura, y así muestran el final de las nalgas como manzanas, su frontera con los muslos —que la mujer madura oculta— y ésta es una forma más de la relación que tienen con su cuerpo según sea el tiempo que con él llevan conviviendo. No sólo eso: así rivalizan y marcan territorio con sus hermanas mayores, con sus madres y sonríen, curiosas o desdeñosas, al ser miradas, como si quien mira no tuviera la edad que tiene, o precisamente porque tiene la edad que tiene, paterna y alejada, y ya no sabe interpretar esa sonrisa suya más allá de lo que puede interpretar una vida que se le escapa. Y por la noche sus flores caídas tejen una alfombra fosforescente, luciérnagas del pasado que nos visitan, inaccesibles.

Y la mujer abandonada, la mujer traicionada, la mujer no amada como ella considera que debe amársele, se expone, a partir de la adquisición de esa conciencia, en un escaparate, en una vitrina, en un mercado sentimental, en el zoco del deseo, y al exponerse se venga de quien no supo o no quiso, o quiso y supo dejarla atrás. Y se maquilla y asiste a fiestas nocturnas y posa y se fotografía —muy bien vestida o desnuda— y todo aquel que la ve y observa y desea la identifica con el hombre que se fue y ella lo sabe y eso la satisface y la irrita y ahí está la vulgaridad de su venganza, porque no hay venganza —por refinada que sea— que no sea vulgar y en lo sublime del amor descansa como una alimaña agazapada la vulgaridad. Dispuesta a saltar y emponzoñarlo todo si vislumbra la rendija por donde escapar de su cubil secreto. Las últimas veces que nos acostamos oía en sus frases el eco de otras idénticas —«son tus demonios, no lo que siento»— ya dichas en ocasiones parecidas a diferentes amantes. De repente eras uno más. *Déjà-vu*. Y como en un remolino, nuestra historia empezaba a diluirse en el anonimato: las diferencias iban desapareciendo y el lenguaje era el síntoma de esa desaparición. Las palabras primero y luego los gestos, no por sutiles menos crueles. Sin enunciarlo, en cada uno de ellos se reprocha al amante el fin del amor como un acreedor la deuda impagada. Aparece la culpa y no lo hace sola: la amante que sabe que está dejando de serlo y no hay rescate posible —ésa es la otra conciencia— recrea su entorno para que aparezca y sepas y eso enturbie en el tiempo lo más hermoso y único. Luz de luz que se apaga y ya para siempre la oscuridad como herencia de lo que fue su opuesto. Y al hacerlo descarta la posibilidad de retorno que suele anidar en el que se va y no quiere irse.

2

Aquella noche en el boulevard Saint-Germain paseaba entre Sophie, mi novia holandesa de entonces —apenas un año estuvimos juntos—, y Judith, mi compañera de departamento, que era hija de padre francés y madre eritrea y de una belleza bastante exótica. Íbamos los tres del brazo cuando pasamos por delante del Flore. En la galería situada detrás de la terraza había dos mujeres muy bien vestidas que llamaron mi atención por su manera de estar y de reír. Una de ellas se había subido la falda hasta la nalga —llevaba medias negras con grecas— y tenía una pierna recogida sobre el canapé. Estaban sentadas muy juntas y parecía que se contaran confidencias entre risas tan blancas como sus dientes, a la espera de lo que les ofreciera la noche. Ojos oscuros una, grises la otra. Nos miraron con tanta minuciosidad como desparpajo y la de los ojos negros se fijó en mí, imagino que por el equívoco que aparentaba nuestro terceto multicolor. Sin dejar de observarme le dijo algo a su amiga y luego le pasó la punta de la lengua por el lóbulo de la oreja, sonriéndome con descaro. Yo también sonreí —fue inevitable— mientras les comentaba la escena a mis acompañantes, que volvieron hacia atrás el rostro para mirarlas, entre la curiosidad natural y la territorialización femenina, supuse: «Van a hablar éstas ahora de nosotras». Y las cuatro se rieron entonces a la vez, como hijas de Safo, esa fantasmagoría masculina escuela *El baño turco* de Ingres.

De Ingres a Heine. En ese momento, bajo la noche estrellada de París —aunque no se vean las estrellas, la noche en París siempre es estrellada—, me acordé de un fragmento de Heine que a mi padre le gustaba leer en voz alta: «Las parisinas no han de ser observadas en la intimidad del hogar sino en los salones, en las *soirées* y los bailes, donde se manifiesta en ellas una pasión frenética por la vida, un deseo de dulce aturdimiento, una sed de gozar de la existencia como si al cabo de una hora la muerte fuera a arrancarlas de las fuentes del placer... Esto les otorga un encanto y un atractivo casi terribles que cautiva y estremece al mismo tiempo». A mí, las parisinas me gustan en la calle —el baile de sus piernas es inolvidable, quietas o andando— y en las terrazas de los cafés y en las *brasseries,* cuando al entrar todo es un juego de miradas disimuladas o impertinentes —impertinentes a veces desde la ausencia notoria de mirada— y un ponerse de pie y lucirse al cruzar el espacio como otra celebración de la vida, conscientes de que es un lujo, la vida, y como tal debe vivirse a cada instante. Heine aseguraba, decía mi padre, que un hada les concede a las parisinas un encanto distinto por cada uno de sus defectos, de tal manera que todo defecto en ellas acaba siendo un atractivo.

Mi padre. El carácter mujeriego de mi padre le hacía viajar a través de las mujeres como si fuesen naciones, cuando ellas carecen de pasaporte y sólo pertenecen a una nación, si así puede llamársele: la nación de las mujeres. Pero esto lo aprendí más tarde. Cuando empecé a llevar a chicas a casa, él desplegaba su cola de pavo real y tanto le daba Delhi como Roma; la cuestión era llamar la atención. Con cierto descuido impostado, pero llamarla y así comenzar a tejer lo que, sin tener en cuenta el tiempo, consideraba una derivada de sus habituales estrategias de seducción. Las mujeres no tienen edad, solía decir, y en el imperio romano se casaban a los doce años. Opté por no llevar a ninguna chica más a nuestra casa. Pero con los años acabaría haciendo lo mismo que mi padre desde la tarima de mi aula en la facultad: nunca se sabe hasta dónde nos forma o nos engaña —o nos forma engañándonos, para seguir engañando por nuestra cuenta después— el mimetismo. A veces he pensado que yo debería ser homosexual. Que con un padre así era mi destino, pero del mismo modo que opté por no traer a más chicas a casa, algo en mí optó por conquistarlo a él desde la imitación y que esa imitación fuera un camuflaje de mi verdadera condición sexual. Si mi padre se escapaba de casa con otras mujeres, mi padre se encontraría en mí, más tarde o más temprano, como en un espejo. Y ese deseo era —es— de raíz homosexual. Lo he visto en ocasiones: padres que ignoran a sus hijos y cuando sus hijos dejan atrás la adolescencia, su principal obsesión, consciente o no, es identificarse con el padre para que el padre se fije en ellos y los respete y aprecie y sean, por fin, visibles ante sus ojos. Unas veces lo consiguen, otras fracasan como fracasaron en su infancia. Desconocen que su triunfo sobre el poder paterno estaba escrito en la homosexualidad y que en ella, probablemente, habrían sido más felices de lo que son. Lo he pensado, ya digo, en más de una ocasión y al hacerlo han surgido del silencio del pasado imágenes de miradas y gestos en los baños públicos, sospechosas insinuaciones en bares, súbitas complicidades sin explicación, o seguimientos al descuido por la calle durante la adolescencia. Ellos intuían lo que yo, en el origen de mi primeriza e incontrolable avidez sexual, no. Y así les explico la *Recherche* a mis alumnos, como un tratado de la mirada homosexual, donde todos sus personajes —disfrazados de hombres y de mujeres— son, en realidad, homosexuales. No sólo Albertine es Albert y esta orquídea no es la *Cattleya labiata* sino un sexo abierto mostrando toda su impudicia. Proust como símbolo y memoria y visión canónica de la hipertrofia y el desorden sexual hecho método a través del uso del tiempo. Siempre se ha hablado de la *Recherche* como un ejercicio titánico contra y a favor del tiempo, pero el ciclo proustiano también es un desmesurado ejercicio de hipersexualidad y un código literario cerrado: codificación del mundo homosexual donde ninguno de sus personajes pertenece al sexo en el que figura en la obra. El sexo como un lugar, equivocado y equívoco. Si mi padre pudiera oírme...

Mi padre. Guardo en mi estudio una fotografía suya tomada en El Cortijo, años sesenta. El Cortijo era una sala de fiestas cuya decoración parecía salida de *Mogambo:* pieles de cebra, escudos africanos, paredes tapizadas de junco. Incluso sus asiduos parecían figurantes o dobles desleídos de Clark Gable, el Gran Macho. Todos ellos menos papá, grandes mandíbulas, mirada potente, frente despejada, cuello de toro y espaldas de gladiador. Así era mi padre en toda su magnificencia y aunque no llevara bigote, nada tenía que envidiar al Gran Macho Gable. En esa fotografía mi padre brilla en todo su esplendor mientras charla animadamente con dos mujeres, bastante más jóvenes que él, que lo miran extasiadas. Divertidas y extasiadas, una combinación que viene a ser el santo grial del seductor. O el pasaporte que abre cualquier frontera. Parecen italianas. Los gestos y miradas, en el fondo, la gran fuerza de la foto, nos dice que ya se conocen, que ya se han acostado —los tres juntos y por separado— y que ellas están más que contentas con el hombre elegido para compartir las noches de la ciudad. Muy contentas y dispuestas a seguir pasándoselo estupendamente con él: nada ha acabado aún. Mi madre, en esa época, ya no debía de estar con Paolo Zava —ni siquiera se escribían—, pero tampoco sé dónde estaba y con quién. Quizá con el poeta de la camisa azul, no sé.

3

Toda historia de amor es una conversación y cuando entre ambos se instala el silencio o la conversación se convierte en susceptibilidad y variaciones sobre la primera persona del singular, el amor está dando señales de su fin y llega la afasia o el diálogo de sordos, encastillado, inaccesible, brusco. Puede resurgir de su decadencia, pero lo hará lleno de carencias. Éste era el estado de cosas entre mi mujer y yo cuando apareció Miriam en el departamento y luego dijo «fúmame» y al decirlo pensé que era parisina y hermana de la mujer del Flore, la de los ojos oscuros. Me excité como si hiciera semanas que nos conociéramos bíblicamente. No excitado como lo está uno en la primera cita, sino excitado como se excita quien conoce al otro y sabe hasta qué lugar llegarán porque ya han llegado antes. Sabe cómo el otro pronuncia las palabras y las enlaza y cómo se encadenan las frases de ambos y cómo sus cuerpos, juntos, son palimpsestos, reescribiéndose siempre incluso cuando ya no queda tinta en el tintero y el cansancio empuja al sueño. Incluso en el sueño. Yo supe todo eso al escuchar el imperativo de Miriam, como supe que ese imperativo era el comienzo de una intensa conversación, pues toda pasión, ya lo he dicho, es una conversación y en ella interviene de manera esencial el sexo y no sólo por el diálogo de los cuerpos. La pasión interviene en el lenguaje; el sexo se apodera del lenguaje y éste lo ennoblece y se abre un continente distinto y ese continente es el territorio de los amantes: el verbo se hace carne; la palabra, coito. Su vía de acceso poco importa: un breve encuentro, el teléfono, una carta, un mensaje escueto, un imperativo que es súplica amorosa... El deseo se apodera de todas esas vías como un emperador tiránico y dulce a la vez —tomad las centrales eléctricas, las emisoras de radio, los servicios de telefonía y las cadenas de televisión— y entonces no se sabe, ni se quiere, vivir en libertad. Sólo se desea la tiranía de la pasión. Éste es su primer tributo y está en su origen que el deseo impregne el lenguaje de tal manera que hasta las metáforas más barrocas sean pura escuela realista. Esta fusión entre lo más culto o elitista y lo popular, del arte y del oficio, crea adicción y nos cambia mostrándonos una dimensión distinta. De nosotros mismos y de los demás. Del amante y del amado. Por tanto, del mundo. En este caso, de mí a través de Miriam y al revés, quise creer.

4

En la cultura popular existe un lenguaje fisiológico del amor que tiene sus raíces en lo medieval goliárdico y en la propia naturaleza, en el trato con los animales, quiero decir. Las glosas populares son su literatura y el sexo como lenguaje natural, sin sofisticaciones, es el humus de esa literatura, tan digna, amorosamente, como cualquier otra. Lo explica el profesor Wertheimer, de la Universidad de Lovaina, en su libro *El amor, ¿escrito o dicho?* En clase, Wertheimer nos hablaba de lenguas que se hablan en el desierto del Kalahari dueñas de más ramificaciones del subjuntivo que las que tuvo el griego de Aristóteles. Y nosotros escribíamos en la pizarra «ni escrito, ni dicho: no hay más amor que el amor hecho». Subjuntivo y erotismo...

Y es el siglo XVIII el que se despega de la raíz medieval y vuelve culto el amor. Fragonard o Boucher, sí, la joven ofreciendo sus nalgas al beso y al azote, pero sobre todo Choderlos de Laclos —sobre quien escribí mi tesina, dirigida por el profesor Wertheimer— y Giacomo Casanova. O lo que es lo mismo, *Las relaciones peligrosas* y *Las memorias del caballero de Seingalt.* Sin ellos no existiría el James Joyce de las cartas cochinas a Nora Barnacle y la fusión entre lo popular y lo culto —que está en esas cartas— habría sido un asunto de la realeza, que todo podía permitírselo. «Cuando seas mayor has de leer los billetes del zar Alejandro a su amante Katia —me decía mi abuelo—. No antes, eh, porque no los disfrutarías; sólo cuando seas mayor.» Y me lo decía porque veía que me interesaba el mundo de los zares, Rasputín, Kerenski y la decadencia del imperio hasta llegar al horror. Cómo me gustaba el significado de la palabra billete empleada por mi abuelo, tan lejana de aquellas sábanas magníficamente ilustradas que eran los billetes bancarios de cincuenta rublos o de un millón de marcos de la República de Weimar, y tan propia del mensaje secreto, entre la cortesía y la cita clandestina. Y los leí, vaya si los leí. Leí los billetes y vi los dibujos de ella, Katia, desnuda, trazados por el mismo Alejandro en la intimidad del Belvedere, su lugar de encuentro. Belvedere, Bellavista, Bellver o Bellveure... La visión del cuerpo deseado y deseante, su arquitectura flexible y prodigiosa, la belleza de su incendio... Y la escritura del eros reservada a los que poseían el poder; es decir, la escritura; es decir, la inmunidad. El sexo de ella es «tu delirante *coquille*» y, mucho más joven que él, toma el mando de las maniobras amorosas: «Disfruté hasta el delirio, tumbado en el sofá, mientras tú me cabalgabas». O «sentí gozosamente tu fuente empapándome varias veces, lo que redobló mi placer». O «te veo ante mí, unas veces en la cama, otras de pie y sin bragas». O el canibalismo amoroso: «Estás tan rica, Moushka». Y ella, Ekaterina Dolgorukaya, Katia, o Moushka: «Recibí un placer inmenso que no puede compararse a nada». O «gocé como una loca bajo nuestra pequeña manta». O «he dormido sin descansar y poco tiempo; estoy calentísima y no puedo esperar dos horas y cuarto para verte».

Y ambos, un día y otro lanzados «uno contra otro como gatos» —escribe ella— entre las columnas azules del Belvedere, blanco, neoclásico, palladiano, y en París, rue de la Paix y en la planta tercera del Palacio de Invierno, con la zarina muriéndose en el piso de abajo. Y los ejércitos rusos concentrados en Besarabia y la guerra de Constantinopla y el Turquestán —«hay algo erótico en lo que sucede en fronteras lejanas», había escrito un ministro del Kremlin— y los atentados contra el zar, fusil y pistola y nitroglicerina en palacio y la pasión como un talismán. Las lecturas de mi abuelo...

... Y las mías. Al menos las que me han traído hasta aquí, hasta este convento benedictino convertido ahora en hotel. Porque en el erotismo, la imagen sola —belleza que despierta deseo y deseo que crea belleza— no basta y cansa; de ahí la irrupción del lenguaje en él. La imagen sola —los frescos eróticos de Pompeya, las ceras de Toulouse-Lautrec o los bocetos de Rodin— pertenece a la misma civilización que Altamira o Lascaux; queda en ella algo cavernario y no sólo por celebración de lo originario. Pero cuando los amantes se dicen —cuando los amantes se están diciendo a sí mismos— «fúmame», la imagen adquiere una fuerza distinta, y el acto erótico, un valor intrínseco del que antes carecía: desear es también literatura y tiene su lógica: ésta nace del deseo y muere cuando el deseo desaparece. Y ahí se nos devuelve al lenguaje fisiológico y a la afasia, no sólo sexual.

Bertolucci lo relata en *Novecento,* en el episodio final de Burt Lancaster, con ecos del príncipe Salina. Sin vigor sexual, el que ha sido el gran macho cabrío de la familia se sienta en un taburete de la vaquería —el potente olor a estiércol de vaca y a heno húmedo es profundamente sexual—, se descalza y hunde los pies en ese cieno; aparece una niña, una hija del pueblo, y él la llama para que ella le toque el sexo, para que ella lo ordeñe, como otros se masturban pensando en la desnudez de sus nietas... Después se ahorca, deshonrado por su sola impotencia —así la vida no merece la pena: no es hombre de libros, no es hombre de vivir en una esquina del mundo— y lo hace en la misma vaquería, inmerso en ese olor animal que lo retrae a épocas más felices e inconscientes, las del despertar del deseo en la infancia, la fase anal de Freud... El lenguaje fisiológico y en el fin está el principio y vuelta a empezar. Pero también la búsqueda de la última erección, la erección del ahorcado, la que cantara Villon.

5

Pero la razón estructura y también lo hace con las emociones; es la única manera de que tus pasiones te pertenezcan y no tú a ellas en una montaña rusa que suele acabar en la soledad, allí donde uno ha de inventar el sexo. «El amor debe ser gobernado por el arte», escribió Ovidio. Y también: «Yo cantaré el placer del amor lícito y el furtivo permitido y en mi canto no habrá ningún crimen». Y mientras vive en Roma y escribe *El arte de amar,* apunta que la ciudad «posee cualquier belleza que haya habido en todo el mundo». No escribe «que haya en el mundo» sino «que haya habido», haciendo que pasado, presente y futuro sean uno. En la relación metafórica entre ciudad y mujer —la Alejandría de Durrell sería su epítome en el siglo XX—, *todas* las clases de belleza que haya habido en *todo* el mundo forman los atributos de la hembra, cuando la mujer lo es. Cuando la hembra aparece, que no siempre lo hace. Hay una película de Godard donde él está tumbado sobre la hierba y ella, de pie frente a él, acaricia su pecho con el pie desnudo. Ella es una joven Emmanuelle Béart y tras la larga caricia le acerca el pie a la cara y él le besa un dedo, como lo haría un esclavo al que se le permitiera ser amante. La escena remite a *La edad de oro* de Buñuel, cuando la mujer besa y chupa el mismo dedo de una estatua y nos remite a su vez a una felación. Es, de hecho, la escena de Godard, una inversión de la de Buñuel y si en ésta había sometimiento a la pasión, en Godard hay sometimiento a través de la pasión. Pero es la mujer la que somete, concediendo.

Al revés, al menos en apariencia, que en el mundo de los trovadores. Pero no entre las amantes de los escritores que propuse como materia de estudio a mis alumnos en este curso: Greene o Fleming o Ridruejo. En Poitiers nació el primer trovador, Guillermo IX de Aquitania o Guillem Nao en lengua d'oc. Guillem Nao escribe sobre su amante, la mujer del vizconde de Châtellerault y la manda pintar desnuda en el dorso de su escudo. Con su nombre bajo los pies, para que no quede duda. A caballo y en la batalla lleva su cuerpo desnudo pegado al suyo, acorazado.

Su amigo Jaufré Rudel no pintó a su amada, sino que la escribió, inventando *l'amour de loin* o *l'amour lointain*. Lo leí en Pound cuando no había cumplido los veinte aún. Yo, no Pound, que acababa de morir en Venecia entonces, donde vivía junto a Olga Rudge, su amante durante tantos años. Olga Rudge era violinista y vivió lejos de Pound mientras Pound, enamorado de ella, escribía sobre los trovadores y sobre Cavalcanti y Petrarca, otros dos poetas del amor. Los trovadores lo inventaron por escrito para ser cantado y Jaufré Rudel para que viajara, pues su amor tampoco vivía con él y ni siquiera le conocía. Rudel pensó que ella —una mujer casada y de sangre noble que vivía en la Trípoli siriaca— se enamoraría de él a través de su escritura. Y es desde el tiempo de los trovadores que escritura y amor, que literatura y amor se alimentan una al otro buscando su refinamiento, aunque beban en Catulo y en Safo y sepan que el deseo necesita de una arquitectura propia para enriquecerse. (Rudel se había enamorado de ella —Hodierna de Jerusalén, su nombre— a través de los relatos de los peregrinos de Tierra Santa, que regresaban por Antioquía alabando su belleza prodigiosa.) Es *l'amour de loin* el que une a Rudel con Ian Fleming —el creador de James Bond—, o con Graham Greene, o con Dionisio Ridruejo y ahí es donde entra mi madre en acción. Amorosa, pero acción. Pero no quiero adelantarme, ya llegaremos a todo eso. Y entre ellos, Maud Russell, lady Catherine Walston y la condesa Von Podewils, las amantes de Fleming, Greene y Ridruejo. Y mi madre como una nota a pie de página; o al revés, el último de ellos, Ridruejo, como una nota a pie de página en la vida amorosa de mi madre.

No ocurre lo mismo con Maud Russell o Catherine Walston o la condesa nazi, que ejercen un papel parecido al de Sophie Ravoux —su fotografía desnuda en la cartera del militar, como otro escudo— en la vida amorosa de Jünger. ¿Su denominador común?: *l'amour de loin*. O sea, Trípoli, Siria, Jerusalén, Tierra Santa... Ellas mismas convertidas en nombres y geografías de Oriente, que es el símbolo del deseo de lo que no conocemos y es ese no conocer del todo —que no es lo mismo que desconocer— lo que lo enciende sin descanso y alimenta y nutre. Porque lo que une estas historias de amor, aparte del amor mismo, es que se están abandonando constantemente, por imposibles se abandonan, pues hay una imposibilidad metafísica en el amor, pero constantemente permanecen y reflotan cuando ya parecían hundidas y duran décadas o duran siempre aunque cada uno haga su vida y parezca que ya son cosa del pasado, algo perdido para siempre, porque ése es el precio de haber amado, la pérdida y la separación, y no otro. En cambio resurgen aquí y allá, por si alguno de los amantes creía que habían muerto, y no lo hacen de la nada sino que es la nada lo que las circunda —todo es nada en su presencia si no las complementa o decora—, y ellas, lo que no ha de morir nunca y por eso las perseguimos a través del cine y las novelas y los cuentos narrados junto al fuego y los relatos de los libros sagrados y de los libros eternos, que también tratan del amor y del deseo. Por eso las hemos perseguido siempre y hemos de seguir persiguiéndolas aunque ahora parezca que sólo son una de las herencias del mundo antiguo y extinto, del mundo que hay que enterrar en el cientifismo y otras teorías que nos igualan al resto de la naturaleza y olvidan la poesía y el amor-pasión y la literatura que nace de él y el conocimiento que alimenta y nos expande y sobrepasa. Olvidan eso como olvidan lo que nos ha hecho personas, es decir, máscaras para disfrutar de la vida y padecerla con entereza. Y todo eso quizá sea porque las historias de amor son escasas y en ocasiones ni pasan, una vida entera sin ellas tantas veces, aunque sea el mito y no la realidad el que las alimente en el deseo o rebaje desde la envidia.

6

En la vida adulta el amor siempre está lejos, pero cuando tu pareja deja de desearte —la rutina de los años, o el cansancio— te está dando permiso, lo sepa o no, para desear a quien te desee. Hay una parte de la conversación amorosa —quizá no su sentido más íntimo o valioso, pero sí lo que la une con la naturaleza— que se detiene o merma cuando el deseo desaparece. Ocurre entonces que cada miembro de la pareja se enfrenta a una soledad distinta y no buscada. No esa soledad imprescindible para la convivencia —¿qué haríamos si no pudiéramos estar solos, en qué nos convertiríamos?—, sino otra que no esperábamos y ante la que, en principio, no tenemos respuesta. O cuya respuesta está en otra parte, lejos de nosotros, tanto como el amor —es decir, la pasión— en la vida adulta. De repente reina un profundo e irritante silencio (irritante como una alergia, no más) y en ese silencio la conducta del otro nos resulta más incomprensible, al tiempo que nos despierta menos interés y cierta fatiga, incluso. Faltan las palabras o su sentido ha cambiado y ya no se encuentran, las mismas palabras, donde lo hacían antes. Y el amor sin la palabra es como la historia sin la escritura. Se entra en un período oscuro donde nada existió ni existe y por tanto puede pasar cualquier cosa en ese tiempo y de hecho pasa, pero como no queda escrito no hay rastro y es como si no hubiera pasado.

Quiero decir que el pasado se desfigura y lo que creíamos que fue es ahora —fue entonces— de otra manera, cosa que no se está —ni uno, ni otro— dispuesto a aceptar. Porque la memoria es culpable —o así aparece ante los ojos del que no la tiene ni quiere tenerla— y la desmemoria, en cambio, es un visado que abre todas las puertas, sin peso en la conciencia, anulando esa conciencia incluso. Es más, del mismo modo que la memoria provoca pérdida de amistades en la vida adulta —esos amigos para los que en tu memoria está su pasado y aunque te mantengas en silencio y no digas, es un espejo donde no quieren mirarse para ser ahora como creen ser y, sobre todo, dicen que fueron—, también en la convivencia amorosa altera el curso de las cosas y llega un momento en que no debería existir —qué pesadez, la memoria—, porque cuando lo hace, existir, lo hace como una momia embalsamada y pintarrajeada con el aspecto que nunca tuvo o de quien nunca fue. La conversación interrumpida en la pérdida del deseo es ese momento. No enseguida, no de forma inmediata, sino acercándose poco a poco y en silencio, como un ladrón en la noche a una casa. La metáfora es exacta: la lentitud, el silencio, el ladrón y la casa. Cuando despiertas todo ha cambiado y los daños provocados por la irrupción del extraño parecen irreparables. No digo que lo sean, pero lo parecen y han de parecerlo durante mucho tiempo. Tal vez siempre.

Ana, mi mujer, vivía entre extraños. Ana había querido ser antropóloga y también trabajaba en la universidad, dos pabellones más abajo de donde estaba mi departamento. Era ayudante en el Departamento de Arte. De Lévi-Strauss —de la lectura de su libro *Tristes trópicos* nació la pasión etnológica de Ana—, o Nigel Barley y sus dowayos, o Malinowski en la Melanesia, o los *Obiter Dicta* de Geertz, se pasó a Gombrich, Schlosser, Panofsky y Zeri. Lo hizo poco antes de que yo la conociera, con lo que su faceta antropológica había sido siempre para mí tan oscura como la Edad de Piedra, si es que podemos considerar oscura la Edad de Piedra (que yo creo que sí por la ausencia de escritura, por nada más). Nunca supe, ni me dijo, por qué había abandonado la carrera de Antropología, dejando de manera tácita pero bien a las claras que aquellos años no eran míos y nada se me había perdido rebuscando en ellos.

7

Aquella mañana, mientras me afeitaba, sonaba en la radio la canción «Henry Lee», de P. J. Harvey y Nick Cave. Lo recuerdo porque al oírla empecé uno de mis ejercicios habituales al despertar: establecer antecedentes, referencias y analogías en la duda de si acortar las patillas medio centímetro o dejarlas tal cual. Fui enumerando: de entrada la balada de Leonard Cohen «Joan of Arc», que es la indudable matriz de «Henry Lee»; pero después está *La leyenda de la ciudad sin nombre,* no sé por qué pero está: quizá porque hay algo en el tono de esa canción de P. J. Harvey y Nick Cave donde asoma la revisión años setenta del *Far West* —*Los vividores, Pequeño Gran Hombre, Pat Garrett & Billy the Kid...*— y detrás, como está Cohen, están *Spoon River,* de Edgar Lee Masters y el poema «Annabel Lee», de Poe y no por el apellido. La diferencia es que el amor en la canción sólo figura en el tono y su pretexto es un capricho, que además acaba mal y demasiado rápido. En la conciencia del amor siempre está su carácter efímero, pero cuando hay muerte, es tan melodramática que creyendo que magnifica el amor al fijarlo en el tiempo, sólo le resta presencia y va disminuyéndolo progresivamente. La muerte, cuando aparece, barre con todo lo demás. La historia y su escenario se cubren rápidamente de polvo.

Pensé que ésta podría ser la prueba evaluatoria de la semana, el maldito Plan Bolonia, que tanto tiempo nos ha robado y roba. Les haría escuchar la canción —que algunos de ellos ya debían de conocer— y les pediría que dibujaran un mapa de sugerencias a su alrededor. Como los anillos de Saturno. De esta forma conocería su capacidad de relacionar arte y vida —no otra cosa debería ser la enseñanza universitaria: arte y vida, ciencia y vida, pensamiento y vida...— y mediría la cercanía, o no, entre su cultura generacional y la mía, que es una de las curiosidades de cada comienzo de curso. Es decir, el establecimiento de un punto de partida para la posible y cada vez más difícil relación especular entre alumno y profesor.

Hablo de conocimientos, claro, pero nunca se sabe cuándo llega el interesante complemento, dirían algunos de mis compañeros y no refiriéndose al de productividad. Los mismos que dan la tabarra a las alumnas con versos de Gil de Biedma, puro cuento, guiñándoles un ojo como chulos de feria en el bar y pidiendo otra ginebra a lo Bogart, mientras colocan su zarpa en la cintura de la chica y se lanzan al abordaje con un prometedor notable como sable entre los dientes. Falsificadores que nunca antes de subirse a una tarima habían triunfado, tan habituales como su flexibilidad dorsal ante cualquier cargo, la codicia conspiratoria por ocuparlos, o sus pretensiones narcisistas y los disfraces que las adornan: Shylock, Robin Hood o Enrique VIII, según la procedencia del doctorado. O su misma condición vampírica: el usufructo sexual de la juventud de sus discípulas como elixir para impedir el envejecimiento y la apropiación de sus trabajos de campo para hinchar el propio expediente curricular. Vicios académicos, en fin y tantas veces la causa de que me preguntara qué estaba haciendo ahí. Por qué no escapaba, como Chatwin, por ejemplo, en busca de una piel de saurio del Pleistoceno, de los cantos bizantinos o de un coleccionista de porcelanas Meissen, en vez de continuar en mi despacho, como un inválido tras la mesa. Opcional al principio; después ya no. En el imaginario de toda vida siempre se esconde la huida, la desaparición, la invención de otra vida distinta. Siempre. Y el consuelo está en el cine, en las canciones, en las novelas... pero sólo es un consuelo y lo sabemos. De momento «Henry Lee» había servido para más de lo que habrían imaginado sus autores y aquella mañana me dejé las patillas tal cual estaban.

Tras leer el ejercicio me fijé en su nombre: Miriam Lasa. Citaba a Edgar Lee Masters y la película de Altman *McCabe & Mrs. Miller,* su título original y no *Los vividores.* Citaba a Cohen y hablaba de la desesperación del amor. De que el amor debía entenderse y no sentirse. Que no siempre, escribía, sentirlo era la mejor manera de entenderlo, sino que inducía a múltiples errores en su interpretación. Y después añadía que el amor sólo se comprende a las puertas de la muerte, ligándolo con los poemas-epitafio de *Spoon River.* Y relacionando esos poemas con los de Cavafis, en el convencimiento de que, además de la claridad del verso y su carácter lapidario en ambos, había una confluencia de mitologías: la antigua Grecia en Cavafis y el viejo y lejano Oeste en Lee Masters. Más de lo que yo había pensado mientras me afeitaba. Busqué su foto y vi que ella estaba más cerca de los cuarenta que de los treinta, cosa que explicaba en cierta medida la riqueza de sus referentes frente a los de sus compañeros, más cercanos a los veinte que a los treinta. Aunque eso pudiera ser injusto: a los veinte años yo ya había leído a Cavafis y a Lee Masters, escuchaba a Cohen cada tarde y había visto *Los vividores* en un cine de barriada. Lo que responde a que somos lo que fuimos y lo que fuimos nos condujo hasta lo que somos. Miriam Lasa tenía que encajar en algún lugar del trayecto, pero aún no sabía dónde. Aún no lo sabía y tampoco sospeché lo que podía desencadenar su presencia en ese trayecto entre el pasado y el presente al que llamamos vida. La semana siguiente la citaría en mi despacho sin saber que empezaba a comportarme como un jugador de ruleta: rojo o negro, par o impar, para acabar luego apostando a un solo número.

Aquel día, antes de irme a la cama, me serví un chorrito de Glenfiddich en un vaso de cristal checo heredado de mi abuela y cogí dos libros de la biblioteca —la *Antología de Spoon River* publicada por Barral en el 74 y la edición de *Vidas imaginarias* de Marcel Schwob prologada por Borges— pensando que también entre ellos existía una relación parecida a la que Miriam Lasa había establecido con Cavafis. Me senté a leer bajo los acordes de *Skeleton Tree,* que acababa de poner en el lector de cedés: «*Sunday morning, skeleton tree / Oh, nothing is for free / In the window, a candle...*». La literatura es también un árbol del que cuelgan los esqueletos y sin cuya afilada sombra no seríamos nada: fantasmas sin memoria deambulando por una oscura avenida sin fin.

In the window, a candle...

8

No era de esas veinteañeras de sexo inflamado y pocas manías a la hora de lograr una buena nota que llevarse al expediente. No era de las que caían en las garras y pezuñas de Rhinoceros, o Porcus Senglaris, o —el peor de todos ellos— Rata Negra (siempre se me dio bien poner motes o apodos que después se expandieron por el campus sin autoría), un trío que en sus cubículos profesorales había arrodillado, se decía, a más alumnas que un confesor feligreses, dispuestos, a cambio de satisfacer su capricho, a aumentar notas y proporcionar honores, becas incluso para trabajar en el departamento unos meses y pasar ellas del suelo a la mesa y de espaldas, con las piernas alzadas y los pies pedaleando en el aire en busca de sostén cósmico. Tampoco era de las más timoratas, al menos en apariencia, que se dejaban conquistar por aquellos —no era difícil detectarlos— que nunca antes de subirse a una tarima habían seducido a nadie, nunca desde la ausencia de autoridad habían besado o acariciado a quien desearon y ahora se sentían ufanos como reyezuelos tribales y nariz y barbilla así lo indicaban elevándose hacia el cielo como las piernas de las becarias tumbadas sobre la mesa del titular de departamento. A ésos no les puse mote a cada uno —no eran pocos—, sino un apodo colectivo: el Club de los Papagayos Castrados. Con sus plumas ralas o de plástico chillón, con sus picos blandos y su gruesa cartera de piel, signo de poder y mando. Ahora que tanto se habla de corrupción, quizá llegue el día que se hable de las corruptelas sexuales universitarias, de los viajes dignos de un sultán, de las alfombras persas y butacones de piel, de los vientres rociados con Moët & Chandon —todo a cargo del erario público— en un sofá del rectorado, de las tesis doctorales no escritas por su autor, de los plagios profesorales, de las notas distorsionadas por ciertas habilidades bucales, anales o vaginales... De la *grande bouffe* académica —por llamarle algo— y de nuestros Humbert Humbert, nuestros Strauss-Kahn y nuestros Weinstein particulares. Quizá se hable algún día de todo eso. O no, si las que tienen que hacerlo son las que tragaron por un notable, un empleo, una conquista que lucir, o simplemente un rato de diversión y curiosidad y lo que pasó no existe o se confunde con lo que no pasó nunca y la habladuría del común.

Ella no era de esas veinteañeras osadas o aburridas, ella ya no cumpliría los treinta y nunca supe de los brazos en que se habría acomodado, que a esas alturas no debían de ser pocos pues toda vida se nutre de afectos y alivios y calor que evite la aspereza del frío a veces. La cuestión, para mí —la cuestión eterna—, era la calidad de esos brazos; ninguna otra al respecto y esa cuestión surgiría después, no entonces, todavía no al comienzo. Aunque incluso en eso ellas siempre sorprenden y donde nosotros no vemos nada, ellas saben ver lo que está o sólo ha de estar para sí el tiempo que dure su mirada sobre aquel a quien nosotros ni advertiríamos. Pero a los treinta y pico se es joven y quien no lo sabe es la mujer que tiene esos años y cree que su cuerpo está cruzando una frontera de la que no se regresa y no ve la juventud que habita en ella —con un contrapunto de madurez esplendorosa— y a menudo esa ceguera la empuja a tomar determinaciones que no siempre son acertadas, que no siempre la ayudan a encontrar lo que cree estará perdido más pronto que tarde y no desea. Yo estaba cerca de la sesentena y ella me parecía dueña de esa clase de plenitud que es celebración de una juventud sabia y natural, sin sofisticaciones ni imposturas, sin la torpeza de la inexperiencia y el olvido y la niebla. La niebla donde habitan para siempre los años primeros de nuestra vida en el mundo y el placer y la risa o la melancolía de recordarlos mejor o peor de lo que fueron —ahí empezamos a novelar—, pero nunca exactos ni precisos. La vía más antigua de París es la rue Saint-Jacques, que traza el camino que seguían los mamuts para llegar hasta el Sena y beber. La vía más antigua del conocimiento es el amor. En el amor se usurpa el lugar de la muerte y en la muerte, a veces, se ocupa el lugar del amor: las fronteras entre uno y otra se confunden y eso proporciona una lucidez extrema que los demás juzgan como confusión; lo pensé al morir mi madre.

Hay algo físico en la muerte de la madre que no ocurre con la muerte del padre. Se instala un vacío en el cuerpo similar al de la pérdida de un órgano. Lo que estaba no está y se echa en falta de una forma material, casi objetual. Ese vacío se produce en el plexo solar y nada lo ha de llenar nunca hasta que, al ser costumbre, desaparece o se amortigua. Pero la orfandad de la madre —una vez que el padre ha muerto— instaura el extravío en el espacio. Quien la ha perdido se convierte en un astronauta al que hubieran cortado el cordón umbilical que lo une a la nave y a partir de ese momento flota, a oscuras, en el espacio. Todo es nuevo ahí y sin embargo nada lo es. Todo está en su sitio, pero todo está lejos y no importa. El espacio sin límites es el nuevo líquido amniótico, y el infinito, su placenta. Donde se vive una vida —el resto que corresponde— más finita que nunca. Porque la sensación de finitud es ahora precisa y exacta: nadie hay por delante de ti.

9

Ella vino a verme al despacho de la facultad con el primer tomo de los diarios de Jünger en la cesta. *Radiaciones:* Segunda Guerra Mundial, Francia ocupada y un paréntesis en la campaña de Rusia. Lo puso sobre mi mesa a sabiendas de que me iba a gustar. Les había citado en clase distintos pasajes parisinos de Jünger comparándolos con otros sobre la misma ciudad de Cyril Connolly, en *The Unquiet Grave.* «Son los mejores diarios del siglo XX, escritos por un cazador, sutil, de coleópteros y un cazador de mujeres, botellas y depresiones», recuerdo que les dije un día y lo de las mujeres y las botellas tuvo más éxito que lo de los coleópteros. Salvo para ella, que me preguntó si alguna especie llevaba el nombre de Jünger latinizado. Le dije que sí y pasé a otra cosa. Pero al final de la clase me fijé en su espalda, tan recta, al marcharse, las líneas del tanga negro asomando del pantalón vaquero y sus dos maravillosos hoyuelos, esos vértices laterales del rombo de Michaelis, llamados también —y tan acertadamente— hoyuelos de Venus.

Las páginas de su ejemplar estaban llenas de pósits intercalados. A partir del primer tercio del libro salía casi a pósit amarillo por página. Me preguntó si podía encender un cigarrillo y le dije que sí mientras abría la ventana. El sol de primavera tamizaba el jardín de la facultad con un brillo distinto. Ella se puso a hablar y la voz era una voz pensada antes de ser dicha, una voz que vocalizaba las palabras con el placer consciente de hacer del habla un arte. Menor, pero arte. Muy al fondo, esa voz adquiría un tinte oscuro y cálido que contrastaba con la luminosidad fría de su piel. Me dijo que ya había decidido el tema del trabajo de fin de curso de mi asignatura y que deseaba que se lo supervisara. Estaba convencida, comentó, de que la mayoría de mujeres que aparecían en los diarios parisinos de Jünger eran la misma mujer, camuflada bajo muchos nombres, como los coleópteros se camuflan con colores vivos en la jungla asiática. Eso dijo, la jungla asiática. Le pregunté, riendo, si había alguna conexión secreta entre la jungla asiática y los modistos parisinos durante la Ocupación y se rio también, aunque por pura cortesía. Pensé que el chiste no le había hecho gracia; quería seguir hablando sobre lo que había venido a hablar. Su trabajo trataría de eso: del amor y la ficción, de la literaturización de la vida, de cómo la vida se puede convertir en arte. «En realidad —acabó— mi trabajo tratará de la transubstanciación.» Ahí ya me pareció excesiva, pero no se lo dije. Si la belleza nos frena, la aparición repentina de la sensualidad nos dispersa y ella era una mujer muy sensual y lo sabía. Yo decidí disimular que lo sabía también y que sabía que ella lo sabía. No sé por qué aquella mañana pensé en Diana de Poitiers —«Sólo el que me enciende puede apagarme», figuraba en el escudo de su familia—, relacionándola, tampoco sé por qué, con Brigitte Bardot en *Le mépris*. Ciertas pinturas de la escuela francesa del XVI, imagino. Ella descansando desnuda junto a un ciervo en el bosque, o representando a Diana cazadora, también desnuda y armada con arco y flechas. Diana de Poitiers, recordé, montaba a caballo con un antifaz para no dañar la belleza de su rostro con las ramas de los árboles.

Del amor y la ficción dije al levantarme para despedirla: «Ya sabes que el amor cantado o escrito es una invención de los trovadores para seduciros a vosotras, las mujeres. Los poetas mienten y la prosa de Jünger tiene mucha poesía detrás. El amor sólo es una máscara del deseo». «Pues por eso —contestó—; por eso precisamente: porque Jünger sólo conoció el deseo en París, con esa mujer y no le bastó con la invención del amor, estoy convencida.»

—Pues si lo estás, adelante; ardo en curiosidad de saber hasta dónde eres capaz de llegar —le dije riendo.

—Eso se lo dirás a todas tus alumnas a final de curso —respondió—. Por si pican.

Y volvió a darme la espalda, como aquella vieja mañana a mitad de curso, y vi que era más alta de lo que creía y de esqueleto grande, aunque armonioso, pero no enseñaba los hoyuelos de Venus, ni fragmento alguno de su cuerpo.

Entonces añadí algo. No sé por qué, pero le dije mientras se iba: tal vez esto te sirva: los trovadores disfrazaban el cuerpo a través del sentimiento y luego llegó Flaubert para confirmar la invención histérica del sentimiento a la hora de disfrutar del cuerpo.

—¡Jünger, profesor, hablábamos de Jünger! —gritó sin girarse—. No de Flaubert, que era incapaz de subirse a un caballo. Por mucho que lo describiera tan minuciosamente como Velázquez, era incapaz.

Impertinente. Le miré la melena y me entraron unas ganas enormes de estirársela por detrás y morderle la clavícula, como en un epigrama de Catulo o de Marcial, ya no recuerdo. Serás idiota, pensé; a tu edad. Lo que no era sino una forma oculta de referirme a la suya, insultándome.

Al cabo de dos semanas, recibí un sobre con su letra y unos folios que eran la escaleta de su trabajo. Los leí con curiosidad jungeriana y no tan jungeriana:
«En Jünger existe un pudor que enriquece su prosa diarística en vez de empobrecerla y que deriva tanto de su condición de hombre casado como de su sentido prusiano del honor. Un sentido caballeresco, crecido a la sombra del rey Arturo, los combates de esgrima, el orgullo de una cicatriz en el rostro y las cargas de caballería. Jünger llega a París como a una ciudad conquistada, dispuesto a gozar de su libertad al margen de su vida familiar. En esto también es un guerrero de la Antigüedad. París es su Ginebra y él su Lancelot: no hay tabús ni prohibiciones; sólo la vida y sus hallazgos, sus búsquedas y sus cazas sutiles. El arte y la literatura. La entomología y los vinos y los libros. Tiene cuarenta y seis años y lleva quince casado: dos ciclos de siete y entrando en el tercero, dos metamorfosis. Pero su vida parisina va a ser la de un hombre joven que goza de las virtudes que proporciona la madurez. Especialmente en lo que se refiere a sus experiencias eróticas, que no fueron pocas pero sí menos —en cuanto a cuerpos— de las que aparentemente figuran en sus diarios. Y mucho más intensas, en uno de los casos, de lo que nos hace creer. Su nom-

bre: Sophie Koch, de casada —lo está— Ravoux. Sophie Ravoux, a la que nunca se nombra salvo como la Doctoresse. Y después como Camilla, madame d'Armenonville, madame Dancart, Charmille, Dorotea y Armand. Siete mujeres que son una sola: Sophie Ravoux, treinta y cinco años, once menos que él, alemana nacida en Magdeburgo y judía por parte de madre.

»Mes y medio después de conocerse, cenan juntos en el apartamento de ella. 6 de diciembre de 1941. Aquella noche se acuestan. Año y medio escaso después la intuición diabólica de las mujeres, para las que la distancia o el tiempo no existen, fuerza la separación. Gretha, su mujer, vive en el desasosiego permanente y fuerza desde Alemania a su marido a cortar la relación amorosa, bajo amenaza de divorcio. Jünger escribe en su diario: "Dicho para los hombres. Nuestra situación, entre dos mujeres, es similar a la del juez en el juicio de Salomón. Y somos, al mismo tiempo, el juez y el niño. Hemos de darnos a la mujer que no quiera partirnos en dos".

»No escribe "con la espada" porque esa espada es el enamoramiento, cuyos destellos no pueden dejar nunca de contemplarse mientras el enamoramiento existe. Ahorra la espada porque la espada le fascina. En el fondo sabe que desea ser cercenado por ella, pero su mentalidad entomológica le salva de su propio deseo.

»El adulterio, secreto hasta entonces, se hace público. Sólo entre los más íntimos, pero deja de ser secreto. Todos apoyan a Gretha, que es una mujer inteligente y maravillosa. Sophie Ravoux, en cambio, es la desconocida, la intrusa, la expatriada, la extranjera incluso. Ninguno de ellos, que se sepa, pronuncia la palabra tabú, pero es una bala en la recámara. Algunos son muy críticos. Gretha considera la relación fruto de la *morbidezza* de su marido influido por las perversas seducciones de la Gran Babilonia, es decir, París. Pero en ningún momento habla de enamoramiento. No puede admitir eso: la dañaría aún más. Es sólo un asunto de la carne, un asunto decadente e insano. Militares amigos deciden invitarlo al frente del Cáucaso, por si el frío le apaga las pasiones y allí pasa unos meses, pero a su regreso, en uno de esos días de tensión y alejamiento y decepción matrimonial, Jünger se pregunta por la suerte de vida que subsiste al haber arrancado las raíces que ella había plantado en él. Y ella es Sophie —a la que nombra bajo uno de sus innumerables seudónimos—, no Gretha.

»Esa suerte de vida sería la primera parte de mi trabajo: su pesquisa en Radiaciones.

»La segunda arranca en el momento de abandonar París. En agosto de 1944, Ernst Jünger y Sophie Ravoux se reencuentran, pero el matrimonio con Gretha se ha salvado.»

10

Un mes después la encontré yo a ella, apoyada en una columna del claustro, esperándome. Llevaba un vestido corto, de tela ligera, negro con diminutos topos blancos. El aire le separaba la falda de sus largas piernas tersas, hinchándose como un globo alrededor de la cintura y le empujaba el pelo hacia la boca.

Me quedé delante de ella, mirándola de arriba abajo, imantado. No bajó la vista, al contrario. «Estás muy guapa», dije con cierta torpeza. La torpeza del tío que piropea a su sobrina mayor como si no lo fuera. Sobrina suya, quiero decir.

—¿Cuánto tiempo hace que no fumas, profesor? —me preguntó.

—Siete meses exactos; todavía tengo ganas.

—Pues fúmame —dijo—. Fúmame a mí, profesor.

La miré a los ojos. No sonreía; estaba muy seria, como dispuesta a celebrar un misterio atávico que sólo ella conociera y del que sólo ella, y nadie más sobre la tierra, fuese su hechicera. Y había algo sacrificial en ese misterio. Fue en aquel momento cuando supe que estaba ante las puertas de un territorio distinto al del arte y la literatura y la memoria y el pasado. Distinto a la música que escucho desde hace años y distinto de los paisajes que conozco bien y en los que soy yo y no otro. Y al mismo tiempo complementario a mi vida, como un guante lo es a la mano adecuada. Aquel territorio no era terrenal o lo era excesivamente y por eso dejaba de serlo. Y poseía los secretos que yo ya no: como si estuviera construido sobre el agua. La belleza de Venecia, pero también su amenaza. La belleza de Burdeos edificada sobre los pantanos y castigada tantos años por el paludismo. He escrito «supe» y fue mi cuerpo quien lo supo. El primero que lo supo fue mi cuerpo y no le hice mucho caso. Porque no tenía a una alumna ante mí, sino a Eva, a Judith, a Betsabé, a Dalila, a Susana, a Salomé... (Y yo ni siquiera había escrito *El arte de amar.*)

Camino de casa, todo eso fue diluyéndose en el aire. Todo menos el imperativo: «fúmame», que todavía hoy sigue golpeándome.

Cuando fumamos, quemamos; al aspirar, la hoja de tabaco y su humo nos quema los pulmones y llega hasta el último recodo de nuestro cuerpo. No sólo eso: enturbia el espíritu, sensualizándolo, y al mismo tiempo aguza la lucidez de la mente. En el fondo es una metáfora de la pasión, el tabaco, cuando el pensamiento es más amplio y profundo que nunca y los sentidos del cuerpo han cruzado la frontera de lo exclusivamente físico y ardemos sin cesar y somos opio, y el mundo, un fumadero chino que sólo existe para ser el decorado de nuestra pasión recién inaugurada. Camille Claudel no fumaba, pero hay una escultura suya titulada *Pensamiento profundo* o *Mujer arrodillada frente a la chimenea* que cumple una función parecida. La hermana del poeta Paul Claudel esculpe en mármol una chimenea modernista y a una mujer arrodillada y con los brazos alzados, las manos apoyadas en la repisa. Por tanto esa mujer nos da la espalda y ofrece el culo desnudo —la túnica que cubre el cuerpo es levísima y transparente— a alguien que está en la estancia de la chimenea. Una estancia invisible pero que la potencia de la imagen instantáneamente hace visible. En esa estancia la mujer ofrece su culo desnudo a la visión, la caricia, el manoseo o el azote —no otra es la postura— del que sabe que está detrás de ella, mirándola, una figura que no vemos, como no vemos el resto de la sala pero imaginamos ambas. Imaginamos la alfombra —una Savonnerie—, las *boiseries* pintadas de gris, algún retrato, el tresillo apartado, un jarrón con flores sobre la mesa baja. Y el hombre que pasea por la sala y mira a la mujer oferente, entregada a un sacrificio que es una llamada y será un acto de adoración y placer mutuos. El temblor de ella en la espera, la excitación de él mientras camina sobre la madera como felino en otra espera cuya duración sólo él decide... ¿Sólo él o el pensamiento profundo de ella? ¿Es Rodin el hombre? Sospechamos que sí, pero sólo Rilke podría decírnoslo. Siempre Rilke. En el amor hay que ser Rodin y Rilke a la vez, para poder escribirlo y así robárselo al tiempo, que todo lo destruye (y lo que más destruye es el amor, su enemigo, el que lo detiene y hace arder y por tanto desarticula; el amor es el único que triunfa frente al tiempo). Rodin pintó una serie de acuarelas y dibujos exclusivamente eróticos. Hacía que cada una de sus modelos se tocara, se masturbara, se colocara de manera que todos sus orificios quedaran a la vista, o que se acariciaran entre ellas y formasen figuras geométricas una sobre otra, en distintas posturas que él iba a retratar. Y en esas sesiones dibujaba incluso la vibración del espasmo en el orgasmo, eso hace Rodin y recuerdo la impresión que me causó la escultura de una mujer desnuda tumbada, ofreciendo también nuca, espalda y culo, una pierna un poco alzada y las plantas de los pies-fetiche ofrecidos como las nalgas, cuando visité su casa en París. No es difícil imaginar a Camille Claudel y Auguste Rodin compitiendo entre sí en el taller —dibujando curvas o moldeándolas, las manos en el barro, que es de donde salieron nuestros cuerpos—, una forma de excitarse antes de acabar abrazados, componiendo figuras como las modelos pintadas por él para su archivo secreto.

Ella me dijo «fúmame», con el mismo tono e intención con que podría haber dicho «azótame» y eso fue lo que notó mi cuerpo. Y el tiempo se detuvo, pero yo no quise hacer caso de los signos. Cuando «sólo el que me enciende puede apagarme», reza el escudo de la casa de Poitiers.

11

Aquella mañana estábamos en el departamento, mirando unas fotografías de Sophie Ravoux y de Catherine Walston en la pantalla del ordenador. Mientras comentábamos detalles que las unían al margen de su época, Miriam desvió la vista de la pantalla, abrió las piernas —llevaba un vestido negro de tela liviana y muy corto, a la altura casi de las ingles— y me miró fijamente. En sus ojos había niebla y en sus muslos la luz del sol y de la luna y allí no había marcha atrás posible. Me levanté y di la vuelta a la mesa, sin que ella dejara de mirarme, tan retadora la mirada como la falda o el ángulo de los muslos. Nos besamos contra la pared y al acabar estábamos en el suelo, medio desnudos y ella sonreía, pero la niebla de sus ojos había aumentado. Estoy perdido, pensé, como mis padres lo estuvieron antes que yo. Y lo estaba y estándolo estaba fuera del mundo y en su epicentro más telúrico y bastaba con una mirada, ya no digamos un roce, o la conciencia de que iba a encontrarla al doblar la calle: éramos un fragmento del universo, y el universo, un inmenso salón de baile y nada más importaba ni existía estando ambos en él. «He perdido un pendiente», me susurró al oído y después se rio como si estuviera riéndose de lo que acababa de ocurrir. Y aquella risa era una forma de agradecimiento.

Hay una lascivia amorosa que es metáfora del canibalismo y lascivia, en estos casos, es una palabra que debería ser un nombre. El nombre de una mujer que es todas las mujeres al comienzo del amor. Cuando Eros es tan obsesivo que no deja que existan aún el afecto ni el cariño, ocultos bajo la creación de un alfabeto que se quiere infinito y todopoderoso. Cuando el sexo es destrucción de uno y destrucción del otro para dar paso a la construcción de un ser que sólo puede ser mitológico o invento de los dioses destinado a jugar con los hombres. De Jano bifronte al monstruo de dos espaldas o la araña humanoide. Lascivia era su nombre conmigo y yo lo deletreaba como quien deletrea la palabra parasceve: las-ci-via. Lo deletreaba como quien se traslada de época al pronunciar un nombre. Lascivia o el esplendor del imperio romano. Lo deletreaba con mi lengua y mis dientes; lo escribía con mis manos sobre su carne, que era la mía, y la mía, que era la suya y ninguna nos pertenecía y ambas nos pertenecían más de lo que nunca nos habían pertenecido.

Nada que no hubieran sentido otros antes que nosotros —Ravoux y Jünger en París, sin ir más lejos—, nada que mi familia no conociera bien, pero también algo que la mayoría desconoce y abandona este mundo sin haberlo conocido. Eso al menos creen los amantes al serlo y serlo implica una metamorfosis donde pocas cosas volverán a ser lo mismo.

Al cabo de unos meses y tras algunos merodeos sutiles de los que me daría cuenta tarde, mi mujer me dijo que lo sabía. «Sé lo que te está pasando y, por favor, no me mientas», dijo. Al principio quiso comprenderlo, siempre que yo hablara y contase como forma de conjuro y expiación y regreso a casa, supongo, pero mi silencio —dique de contención ante el despotismo del enamoramiento— la desbordó y otro silencio se apoderó de nuestra casa. Poco tiempo después me pidió que me fuera. «No es que debas irte —subrayó—, es que no estás. Y si no estás, me pregunto qué haces aquí y qué hago yo junto a un fantasma que ni siquiera sabe dónde está, que ni siquiera sabe si está.»

12

Todo el mundo llega herido a un enamoramiento porque todo el mundo se sostiene o tambalea sobre la herida de otro. Además de otra vida, se busca en el nuevo amor la cura del viejo sin ser conscientes de que aquél renueva la ceremonia de éste. Que la promesa del esplendor hace aflorar la desesperanza y el dolor que fueron tiempo atrás y consideramos amortiguados o tamizados por el mismo tiempo. Que ese esplendor vivido ahora en su plenitud encierra su propia nostalgia y es de otra cosa que no nos gusta. Que cuando amamos, también amamos algo que no sabemos lo que es. Algo que está lejos de donde estamos. Lejos de donde están los amantes.

A Miriam, la herida se le notaba en la entrega: ni una sola célula de su cuerpo, del nacimiento del pelo a los dedos de los pies, pasando por la mirada húmeda, extraviada en el celo amoroso y la piel enrojeciéndose cada vez más —como si la sangre dibujara mapas para que fueran minuciosamente explorados por otro cuerpo—, se mantenía al margen. Ni una sola. Al principio, Miriam estaba entre mis brazos admirada de poder estarlo de la manera en que lo hacía; no por mí, sino por el amor del que escapaba y del que había creído no poder escapar nunca. El amor como una casa que una vez entras se cierra por fuera con tanto hermetismo como misterio. Y su atrevimiento y descaro iniciales no eran sólo rituales de la hembra que desea coquetear sin límite alguno, sino una forma de festejar la salida de aquella casa donde había sido muy feliz y había acabado sintiéndose desgraciada. Ésta era su herida y el metrónomo que marcaría los altibajos de nuestra relación: mi matrimonio por un lado, su decisión de no volver a caer en lo mismo por el otro. Las dos caras de la misma moneda.

Yo no supe interpretarla en ese momento. No al principio, quiero decir, hechizado por su sola presencia y el tono de su voz, subrayando esa presencia, tan potente como un devastador incendio en mi biblioteca o en mi colección de telas asiáticas y fetiches africanos. Y en ese incendio estaban también sus maneras, lentas y sensuales, como cuando se giraba inclinando el pecho hacia el suelo y ofreciéndome las nalgas; esas mismas maneras estaban en la conversación, en la forma de descolgar el teléfono, de aplazar una cita mientras yo estuviera con ella, de cruzar las piernas, de recogerse el pelo y mostrarme la nuca desnuda y riendo. Éste será tu reino, mientras quieras, y yo seré sólo tuya como nunca lo he sido de otro. Eso era lo que indicaba con todos sus gestos, con todos los signos. Y yo la miraba hipnotizado.

Pero si la pasión devasta, la decepción asola y convierte en yermo todo lo que una vez estuvo vivo. La herida de Ana era la antropología, es decir otra vida fuera, lejos de aquí y al margen de nuestro matrimonio. Sus trabajos en la revista *Sí...,* de Alberto Cardín, en el último curso de carrera, su seminario en el Departamento de Antropología de la Central, su pasión por las sociedades precolombinas... Y su renuncia luego a quedarse a trabajar en Barcelona —con bastantes posibilidades de instalarse al año siguiente en Londres y de ahí partir hacia el Anthropology Institute of Massachusetts— para venir a vivir conmigo en la isla, volver a matricularse en otra especialidad y preparar oposiciones para entrar en un departamento que no le apetecía ni poco ni mucho: «Como no me salve sir Anthony Blunt... —me decía entre risas—. Tus colegas no lo harán y muy buen concepto de ti seguro que no tienen. Como Blunt de las mujeres, creo».

Renunciar a su vida para formar parte de la mía. Renunciar a los viajes, a los trabajos de campo, a las culturas exóticas y a la búsqueda de lo que no está más que en otra parte; en la Otra Parte. Renunciar a una forma de vida que yo, inmerso en la mía, nunca podría ni iba a ofrecerle. Y con esas brujas, pensé sin decírselo. Estériles todas: física e intelectualmente estériles.

Fuera o no una maldición instalada en el campus, tampoco Ana se quedó embarazada. Y como suele decirse, bien que lo intentamos. Todavía oigo a la Abuela Ponga un Poco de Todo: «Mal se hubiera roto la pierna antes de subir al avión, la pobrecilla». Pero de pobrecilla Ana no tenía nada. No lo tuvo en los años que estuvimos juntos y no lo tuvo tampoco cuando se sintió relegada por un fantasma, superior, como todos los fantasmas, a su realidad corpórea. Cuando se sintió expulsada del mundo que habíamos creado durante tanto tiempo, por el silencio y la distancia de aquel al que aún amaba y que paulatinamente era otro distinto y no parecía dispuesto a dejar de serlo. Entonces la herida se abrió sin que yo lo percibiera, y decepcionada, se encerró en un monólogo infranqueable. Veinte años más tarde su herida se abría y ella no dejó que se cerrara, al revés: esa herida era ella sola, era más ella que nunca y en ella debía atrincherarse para no derrumbarse y caer. La pobló de *kachinas* y máscaras de oro y pirámides truncadas y cuchillos sacrificiales. Dejó bien claro que mientras yo siguiera como estaba ya no tenía sitio a su lado, remarcando el «ya» para que no cupiera ninguna duda. Y yo acabé en este viejo convento en compañía del fantasma de madame Rambova y ella solicitó el traslado a varias universidades españolas. Cuando me enteré —tarde, como de tantas cosas—, supe que la universidad que la contratara iba a ser una estación de paso en la vida de Ana. Y que nunca iba a volver. Ya nunca, subrayando el «ya», pues había visto lo que ni siquiera yo era capaz de ver.

«Ya nunca podréis hacer —decía la Abuela Ponga un Poco de Todo— lo que durante generaciones les habéis hecho a las mujeres..., no a mí, desde luego —remarcaba—; nunca más podréis hacerlo. Y en cambio nosotras sí, nosotras podremos seguir haciéndoos lo que os hemos hecho desde la noche de los tiempos sin que vosotros pudierais ni sospecharlo siquiera. Y no falta mucho para eso, querido nieto, no falta nada.»

Preferí no preguntarle qué era eso que nos habían hecho las mujeres desde la noche de los tiempos, pero cuando Ana me pidió que me fuera de casa recordé sus palabras. Preferí no preguntarle si en ese nuevo mundo que anunciaba los hombres y las mujeres íbamos a ser más felices o irremediablemente desgraciados. Unos y otras.

13

Mientras miro una reproducción de *El baño de Susana,* de Tintoretto —un viejo a cada lado del muro de flores y en el centro, frente al espejo, Susana desnuda, acariciándose un pie, la piel mórbida y marfileña, unas perlas en los lóbulos—, pienso en las parejas que acostumbran a contarse sus respectivas infidelidades y sus detalles narrados más los unen y cosen en el tiempo, incluso aunque vivan separados desde hace años. No sé si el pretexto es contarse sus trofeos o encelar al otro, pero sí he podido comprobar que esas parejas son indestructibles y es el hilo narrativo —un sucedáneo de Scherezade y las mil noches y una— lo que las mantiene al margen de la erosión definitiva que los relatos amorosos suelen provocar en estos casos. Pienso ahora en Sartre y Beauvoir. Pienso en esa fotografía de ella, desnuda y de espaldas, sujetándose el moño frente al espejo del lavabo. Chicago, 1952. Una fotografía robada como robada era la visión bíblica que los viejos tuvieron de Susana. Pero en el instante del *clic* el robo dejó de ser tal y Simone de Beauvoir continuó frente al espejo, hundiendo las horquillas en la trenza alrededor de su cabeza, con los brazos alzados como una figura de Degas o de Toulouse-Lautrec, la nuca al aire, más desnuda aún que su desnudo entero. Cuarenta y cuatro años, el culo ya maduro, las piernas cortas, la sombra de la celulitis. Y sin embargo eso importa poco: el suyo es un cuerpo enamorado, después de haber hecho el amor. Un cuerpo que quiere ser visto, como si la mirada fuera no un delicioso aperitivo del goce sino su turbulenta prolongación y el botín de la batalla, al alcance de los soldados. Un cuerpo como el de Susana después del baño. «*You are a naughty boy*», le dijo al fotógrafo, amigo de su amante, el escritor Nelson Algren. Y se rio. Todo sin volverse, ni mirarlo a través del espejo: Susana de Tintoretto o Alicia ensimismada, sólo debida a los brazos de Algren, que la hacen feliz y así se muestra. Pero hubo más. El castor tuvo más amantes (antes y después), como las tuvo el búho tuerto y feo. Ella y él se intercambiaban alumnas en el altar de Eros y las celebraban en la tradición sadiana —que no sádica— de Justine o Juliette, según fuera la chica. Todas ellas bajo el embrujo y la fascinación de La Sorbona. Justine o los infortunios de la virtud; Juliette o las prosperidades del vicio. Castor o la abadesa de Panthemont y el jemer desviado, un marqués de Saint-Germain contándoselo todo a su mujer Constance, que ahora se llama Simone.

Conozco varias de esas parejas que se cuentan sus experiencias eróticas lejos de casa, como quien sabe que sólo existe un combustible que pueda mantener la chimenea encendida en invierno y ese combustible está fuera: bajo la nieve y el aullido de los lobos. Yo en cambio prefiero no saber y sin embargo estoy condenado a saberlo todo, a percibir un amante ajeno a distancia y eso me separa de ella —de cualquiera de ellas— a la velocidad de la luz. Dejo de sentir y me convierto en un ofensivo entomólogo. No soporto la metamorfosis que detecto, los sutiles cambios en la piel o los gestos que el intruso ha introducido en una relación cuyo solo contacto no se merece. Como no soporto tampoco que ellas —como necesidad o muestra de confianza— me cuenten sobre su marido o exmarido o los amantes que tuvieron —«tenía setenta años y nunca nadie me había cogido con esa fuerza los pechos»— y en cambio disfruto oyéndolas hablar de la exploración y el conocimiento de sus sentimientos eróticos y amorosos. Eso sí: sin nombres, sin datos, sin fechas. Los silencios son tan importantes en el relato como las palabras. En todo relato, pero sobre todo en el relato amoroso.

Tal vez por eso enfoqué aquel curso donde conocí a Miriam al estudio —en realidad a la pesquisa— de la imposibilidad del amor: de Shakespeare a Laclos, de Stendhal a Barthes... La libertad de cátedra también es aplicable a los caprichos de departamento. Tal vez por eso también mi madre me decía que jamás llegaría a comprender nada sobre la relación entre ella y mi padre. Pero mi madre olvidaba a la Abuela Ponga un Poco de Todo: los abuelos cuentan lo que los padres callan.

14

Llovía y estábamos en la cama. Se levantó a cerrar la vidriera del balcón: sus maravillosas piernas y su espalda dorada y recta, tan inolvidable como la primera mañana del mundo. El esplendor de un cuerpo joven aumenta en progresión aritmética o geométrica según la edad que tengamos y a la mía siempre es deslumbrante: una electricidad impagable, similar, imagino, a aquella bajo la que mi madre dijo haber consumido su vida.

Miriam encendió la lámpara del buró, una Fase Boomerang de principios de los sesenta. La cerámica japonesa, blanca y gris, se iluminó al apartar sus largos dedos del interruptor. Como el grabado de otra cerámica oriental que la enmarca. Me gustan las luces que se limitan a un espacio concreto, dejando el resto en semipenumbra y tengo por una invasión impertinente las luces de techo que todo —de rostros a objetos— lo desvirtúan.

—Por cierto, profesor... —dijo mientras regresaba a la cama y yo no apartaba los ojos del perfecto triángulo de vello negro. Brillante como el azabache. Se rio al advertir mi fijación visual—. ¿Qué miras, profesor...? No mires tanto, que me coartas y escucha: en los diarios de París aparece tu condesa Podewils; se ve que la bruja tenía el don de la ubicuidad. Como todas las brujas.

Pensé que uno de los rasgos del deseo era convertir a la mujer deseada en bruja y otorgarle el don de aparecer donde no está. Verla durante unos segundos al doblar cualquier esquina, verla en una ciudad extranjera, verla aparcando un coche junto a la acera en un barrio insólito y luego descubrir que no es ella: nunca es ella, sino que posee, a través de tu mirada, el cuerpo de las demás. En cambio otras veces no sabemos verla donde sí está, como si se hubiera invisibilizado a nuestros ojos para observarnos con libertad. Hechicerías del deseo.

—¿Tú crees, profesor, que Podewils y Ravoux son comparables? A la primera la llamaban Hexe, bruja, y a la segunda, la mujer de Jünger, resentida, la llama hija de Babilonia, que más o menos...

—No sé si se ofenderían las dos con la comparación —respondí—. Una era aristócrata y la otra, judía. Una era nazi y la otra huyó de Alemania debido a la persecución nazi. Y tampoco creo que debamos frivolizar con eso.

—No frivolizo: tú, profesor, conoces bien la historia de amor de la condesa con Ridruejo; yo la de Sophie Ravoux con Jünger. ¿Son comparables? Y hay más: ¿son comparables Jünger y Ridruejo?

Cuando follábamos, Miriam no me llamaba profesor. Me llamaba otras cosas. Lo hacía en la lengua de Eros, que dominaba como nadie que yo hubiera conocido antes. Tanto su voz hablada como su voz escrita eran inigualables y siempre latía un eco del pasado —como si perteneciera a una secta secreta de amantes felices— en todas sus frases. Y en ese eco habitaba el misterio de la naturaleza del universo. Sophie Ravoux poseía este don también. Y Judith y Circe y María de Magdala. Y Mechthild Podewils quizá lo poseyera también. Y mi madre, deduzco, por algunas confesiones inoportunas de mi padre. Las que me conducen hasta Ridruejo y un automóvil que atraviesa el sur de Francia allá por los sesenta. Las que me ayudan a creer que también ella perteneció a la secta de las amantes felices. Lo que ya no sé es si los suyos estuvieron a su altura, eso ya no lo sé. En un descapotable —ella con el pañuelo de flores anudado en la cabeza, él con mitones de piel de cabritilla— por una carretera de la Provenza flanqueada por dos hileras de viejos plátanos y Renato Carosone cantando en la radio. Sorrento.

15

¿Son comparables Jünger y Ridruejo?, había preguntado Miriam. ¿Lo eran? Lo pensé al irse Miriam a su casa. Como escritores no: Jünger es infinitamente superior a Ridruejo. Pero hay coincidencias. Los dos vistieron el uniforme de la Wehrmacht. Los dos fueron condecorados con la Orden del Mérito. Los dos con la Cruz de Hierro. Los dos combatieron en la campaña de Rusia. Los dos se enamoraron apasionadamente de una mujer que aunque el tiempo demostró imposible, tampoco permitió, en ninguno de los dos casos, el olvido: tanto el fantasma como la presencia de esas dos mujeres —Marichu de la Mora, en el caso de Ridruejo; Sophie Ravoux, en el de Jünger— reaparecen una y otra vez en sus vidas. Ridruejo fue un ideólogo del fascismo español. Jünger —entre su diario de la Gran Guerra, *Tempestades de acero,* y su ensayo *El trabajador*— alimenta el nazismo: de ahí que Hitler lo considerase intocable. En los días berlineses de Ridruejo, Jünger se encuentra en la capital del Reich. Y sí, había más, pero la ironía política está en que en aquel momento, primeros cuarenta, Ridruejo es más nazi que Jünger, a quien tanto se ha acusado de camuflar su nazismo por escrito o de ser el perfecto revisionista de sí mismo.

Lo escrito: ni la famosa carta ni el informe político que Ridruejo envía a Franco son los textos de un protodemócrata como a veces se ha insinuado, dado su atrevimiento, sino los de un disidente del régimen desde las férreas convicciones de su nacionalsocialismo. Ni siquiera fascismo, como también aseguran otros: es nazismo puro y duro. Y observa la evolución del gobierno como quien contempla un taller de dulces de un convento de monjas y eso no le gusta. Entonces se marcha a Rusia a combatir el comunismo y a su regreso, enfermo, conoce a la condesa-bruja en Berlín: «Pelo castaño, preciosos ojos azules, cuerpo esbelto, conversación divertidísima». Ella tiene veintiocho años y dos hijos; casada con un hombre de negocios involucrado en la trama del wolframio español con destino a la bomba atómica alemana. Trabaja en la oficina de prensa de la embajada, invitaciones de etiqueta y partes de guerra: domina el castellano y los días siguientes pasean por las calles de Berlín, juntos, visitan museos, restaurantes y cabarets, cada vez más juntos. Contemplan el rostro de Nefertiti y, ya cogidos del brazo —unos segundos, la mano de ella sobre él—, pasan a Rochegrosse y al *Desnudo en reposo,* de Boucher. La sensualidad de lo *pompier* o el extremo academicismo como pretexto sexual, combinado con la *joie de vivre* del XVIII: todo se conjura a su favor. Hasta que una noche cenan en el hotel Adlon, donde se aloja Ridruejo y ella le dice que él es «el hombre con quien me gustaría vivir toda la vida». ¿Qué ocurrió tras aquella cena? Pienso en Jünger y Sophie Ravoux, sólo que Ridruejo aún no está enamorado de Hexe y Jünger lo estuvo de Ravoux desde el primer momento. La sombra de Marichu de la Mora es alargada y no abandona a Ridruejo, que piensa que Hexe posee «una inmensa ternura y una belleza irresistible» y con ambas, ternura y belleza, se encuentra como en casa, algo que nunca le ha dado la falangista De la Mora. La vía del enamoramiento se ha abierto y la ha abierto el deseo, el «cuerpo esbelto» de Hexe. Porque esa ternura, sin duda, es un eufemismo: Ridruejo camufla tras ella la pasión sexual de Mechthild von Podewils, que es una sacerdotisa de Eros y no una tornadiza —ni hago ni dejo hacer— como De la Mora. En la memoria de ambos quedan *Leda y el cisne* de Correggio o la *Pareja bebiendo vino* de Vermeer, complicidades. En la de él, *Venus, Marte y Cupido,* de Piero di Cosimo y *El hombre del yelmo de oro,* entonces aún atribuida a Rembrandt. Después regresa al frente ruso y ni el sufrimiento judío ni la barbarie nazi lo cambian: sigue embrujado. «Me masturbo pensando en ti», le escribirá ella. Pero los días de Berlín no han sido suficientes para restablecerse y regresa. De vuelta en España, Franco —que no ha olvidado ni su carta ni su informe: Franco no olvida— lo destierra a Ronda y la condesa decide visitarlo, con Rilke bajo el brazo y ahí se produce un doble reencuentro: el del amor y el de la poesía.

Rilke había vivido unos días en Ronda —en el mismo hotel donde se aloja Ridruejo— y ahora regresaba con sus elegías, concebida la primera en Ronda, y traducidas al castellano por Hexe, la bruja, la enamorada, la joven aristócrata que se arriesga y deja atrás marido e hijos con el objetivo de cautivar al escritor español con Rilke bajo el brazo. El enamoradizo Rilke, Rilke el deseante, Rilke: no un *homme à femmes* sino un *homme à dames,* a ser posible con castillo, leído en Ronda, frente al abismo, por, éste sí, un *homme à femmes* de la mano de una dama de la aristocracia alemana convertida en dama del nazismo. No falsa como tantas otras —las condesas de la Gestapo en París: falsas marquesas, baronesas y princesas con nombres tan sofisticados como Mourousi, Abrantès, Tchernycheff, Beaufort, Olinska o Von Seckendorff—, sino verdadera: la condesa Podewils que poco tiempo después, ya alejada de Ridruejo, ayudaría a pasar a tantos jerarcas nazis hacia la Argentina desde Madrid y Lisboa con pasaporte falso e identidad ficticia. Hexe, que caería en una profunda depresión cuando, tras tres años de relación erótico-amorosa, Ridruejo la abandona para casarse (y aún casado repite con ella en varias ocasiones, como ocurre cuando se ha conocido el misterio de las amantes felices). Hexe, implicada en un complot destinado al secuestro del duque de Windsor durante una cacería en España. Hexe, que sería reclamada por el mando aliado para someterla a juicio y un velo azul, caqui y negro impidió que fuera entregada como lo había sido Pierre Laval, como lo serían otros para que Franco pudiera echarse luego en brazos de Eisenhower. Hexe y sus brujerías, con intento de suicidio incluido. Y no olvido a Olinska, la rubia condesa Olinska, actriz de cine que trabaja para la UFA y que quizá hubiera leído a Edith Wharton y su *Edad de la inocencia* —también ahí aparece un Beaufort— y se inspirara en la condesa Olenska para su título, la amante que tampoco pudo ser de Newland Archer pese al enamoramiento que desfiguró sus vidas. Las amantes que no fueron, siéndolo más que nadie. Como Mechthild von Podewils, *Hexe,* por ejemplo, que acabaría en América del Sur, tras las semanas que pasaron junto al mar amándose como sólo se aman aquellos que saben que al otro lado ya no hay más.

Mientras, a punto de acabar la guerra, Jünger se oculta en Kirchhorst y luego en Wilflingen, en la casa del guardabosques a la sombra del castillo familiar de los Von Stauffenberg, donde vivirá —emboscado, como es natural— acordándose de Sophie Ravoux, de los días plenos y felices que compartieron en París. Pero ésa es otra historia y es la misma historia. Siempre es la misma historia.

16

Existe una conciencia moderna de la intimidad femenina que se inaugura con algunos pintores de principios del siglo xx y la lengua francesa es su emblema: París como metáfora del erotismo (ya Baudelaire quería titular *Las flores del mal* como *Las lesbianas*). Pero vuelvo, una y otra vez, al idioma de esa intimidad: *Nu* o *Femme dans le lit* o *Femme nue allongée,* son algunas de sus voces, cuando la lengua natal de los pintores era otra y distinta. Son muchos y oscilan entre el modernismo y el impresionismo, pero su cénit quizá sea Modigliani. Mujeres desnudas y tendidas que lo mismo exponen el sexo que las axilas y miran. Entre oferentes, orgullosas de sí mismas y retadoras. El poder de su cuerpo es su conciencia, nos dicen estos pintores y esa conciencia es atávica y es moderna. Por primera vez es moderna, aunque proceda de cuando Gea era su casa, y ellas, amazonas y hechiceras, y nosotros, los hombres, mirábamos desde el otro lado de los muros. Como ahora y aquí. *Femme dans le lit:* sólo el pelo y las formas del cuerpo bajo las sábanas y el edredón o las mantas: una cordillera que continúa fascinando bajo la cotidianeidad, aunque el realismo de la convivencia deteriore tantas cosas. Como el espejismo del enamoramiento sublima tantas otras. La mirada húmeda de Miriam procedía de ese territorio. De pie o tumbada, sentada o de espaldas incluso: también de espaldas veía yo esa mirada. Y luego estaban sus piernas, que me enloquecían y el verbo no es gratuito ni retórico. Mirándolas no podía entender otra manera de celebrar la vida: todas desaparecían. Me comía esas piernas con los labios, los dientes o los ojos, sin saber quién era el felino encelado y quién la presa. Me atenazaban la cintura o trepaban sobre mis hombros como gimnásticas lianas y en ese estar atrapado por ellas vislumbraba otro aleph secreto, el metrónomo que mueve el compás del mundo. Eran piernas que después del orgasmo —o de una larga tarde de amor— cumplían lo que habían prometido —lo que siguen prometiendo, eso no se desvanece más que con la edad— bajo unas faldas o el vestido. El mismo esplendor, por saciado que esté el deseo. Las piernas de Miriam poseían esa belleza, entre selvática y palaciega, mitológica y refinada. Y cuando regresaba a casa andando, pensaba en Jünger en París con Sophie Ravoux. Pensaba en Jünger observándola dormir bajo el edredón, contemplando sus piernas al andar desnuda por la casa en primavera, hablando en francés con ella como los pintores titulaban sus desnudos en francés, de la misma forma que yo hablaba con Miriam en una lengua distinta a la lengua en la que nos habíamos conocido. Una metamorfosis que apenas sucede —solemos hablar en la lengua en que nos conocimos— y que siempre achaqué al poder de Eros: la creación de un lenguaje distinto al cotidiano para proteger la pasión frente al mundo exterior y crear unas claves que sólo a los amantes pertenecen. Y luego, ya en casa, pensaba en la mujer de Jünger y en el dolor causado y eso me emplazaba también en el lugar real —la pasión se desenvuelve en el imaginario deseante (y pido disculpas por la pedantería psicoanalítica)— donde estaba yo sin darme cuenta. Y a veces —recuerdo la tarde en que Miriam me dijo «tú no pudiste ser escritor y por eso te enrollaste conmigo: para vivir lo que no podías escribir. Al revés que ellos, los escritores, que escriben lo que no tienen tiempo de vivir»—, pensaba en los veinte años que nos separaban y en el profesor Immanuel Rath de *El ángel azul.* El fantasma del profesor Unrat, pero no en Heinrich Mann, sino en Josef von Sternberg y Emil Jannings y en las piernas de Marlene Dietrich. Y Ana, mi mujer, me preguntaba, ocultando su progresiva preocupación, por qué me reía si no teníamos ningún motivo para la risa y llevaba razón por mucho que yo disimulara o no pudiera calcular los efectos secundarios de mi prolongada ausencia mental y afectiva. Me reía de mí mismo y me pareció que Miriam lloraba cuando me insultó y sólo supe contestarle que precisamente era lo que había vivido —no lo que no había vivido— lo que me había conducido hasta ella. Ana incluida; o Ana, sobre todo. Y añadí: «Lo siento mucho, no puedo volver atrás; los años ya pesan sobre mí». Mentía: no me pesaban; con ella nunca me pesaron, al revés. Pero sabía que una frase así la dañaría, como a mí me había dañado lo que me acababa de decir.

Cuando la desconfianza irrumpe en el matrimonio, nada continúa ni es como transcurría y era. El dolor causado por el adulterio provoca la desmemoria de lo mejor compartido en el tiempo y fija a su alrededor todo aquello que nunca fue bien. Como una constelación en torno a un agujero negro sin principio ni fin. Por ese tamiz pasa a partir de entonces la vida y toda fortaleza para resistir las turbulencias es poca. Las heridas, si lo hacen, tardarán en cerrarse y si lo hacen, cerrarse, las cicatrices que queden se irritarán ante los cambios de estación o los cambios de humor o los cambios en sí mismos. Ante cualquier cosa se irritarán y parecerá que se vuelve al lugar de origen, ahí donde se instaló la desconfianza para siempre, sin saber nunca cuánto ha de durar la demora en él y vuelta a empezar y la sospecha de que ya nada de eso va a irse jamás. Y ahí el olvido es necesidad; no tanto el imposible olvido de ese origen como el de sus consecuencias, tan grande es el desgaste que producen.

17

Tal vez porque yo estaba más cerca de la sensualidad de la pintura orientalista, nunca pertenecí al grupo de los que se educaron eróticamente en las películas de James Bond y sus chicas fatales, de modernas curvas y hábiles con las armas de fuego y más hábiles aún con su sensual colección de armas ocultas. Tampoco en sus novelas, aunque una mañana, en París descubriera sus maravillosas portadas expuestas en una vitrina de Shakespeare and Company y no haya de olvidar nunca aquellos dibujos de insectos, calaveras, peces estrambóticos, rosas y un revólver trazados por Richard Chopping, que en esos días acababa de morir.

Pero la imaginería amorosa de Ian Fleming es a la literatura —incluso a la literatura de suspense y espionaje— lo que Los Indios Tabajaras a la música. Lo era para mí, al menos, educado en una familia donde la vida no fue sólo una cuestión de atrezo y cohetería, por espectaculares que pudieran ser ambos. Y aunque sea la obra lo que conduce hasta el personaje que el autor construye consigo mismo —cuando la obra es buena, el personaje es inferior a ella; si ocurre lo contrario, el personaje es muy superior y es un vicio lucirlo en las cenas (él lo sabe y se aprovecha) mientras los comensales disfrutan creyéndose sus fantasías literaturizadas y mentirasególatras al tiempo que mastican una rodaja de lomo con mostaza y miel—, en el caso de Ian Fleming fue al revés.

Quien contemple a las mujeres de James Bond —un escaparate de maniquíes articulados— y contemplándolas las escuche y oiga bien lo que dicen —es decir, oiga el ruido de lo que no dicen, imposibilitadas como están para una formulación del pensamiento, imposibilitadas como están para el pensamiento—, el retrato que surge de Ian Fleming es el de alguien incapacitado para la comprensión de una mujer; alguien que proyecta en ella cuatro rasgos, los más simples, del eterno femenino, para que de este modo las cosas cuadren en su relato, en su investigación y en su vida. Como esos seductores compulsivos que pasan de una mujer a otra sin saber exactamente cómo era la que estaba antes y cómo es la que está ahora y es la satisfacción de su pulsión narcisista —contemplarse en ellas al lucirse— lo que necesitan y buscan y han de buscar siempre, lamiéndose después los abandonos como heridas propias cuando sólo son otro espejo, el de la compasión, que ha de justificar la repetición de su comportamiento más adelante. O como esos amigos de juventud —y esa clase de amistad ha de durar poco— que pertenecen al género córvido e incapaces de conquistar en territorio desconocido esperan, como furtivos o carroñeros, a que sus amigos conquisten o enamoren y la familiaridad que se establece luego con la recién llegada sea la brecha por la que han de colarse y lanzarse sobre ella a la primera que estén ausentes los que la acercaron al grupo en la confianza que la amistad despierta y necesita para sobrevivir.

¿Qué había detrás de ese coleccionista de mujeres que no existen en la calle y él disecaba en todo su esplendor entre sus páginas? ¿Cómo era la vida sentimental de ese entomólogo de una especie inventada? Ante estas preguntas, mi padre me habría mirado con la sorpresa de quien descubre la limitación intelectual de un hijo y mi madre habría hecho lo de siempre: continuar en su mundo de ajenidad y desapego, sin preocupación por nada y menos que por nada, por las inútiles ocurrencias de su hijo, dedicado a husmear en la vida de los otros desde la tranquilidad de su despacho universitario. «¿Cuidas de tu mujer?», habría sido su respuesta, pero la habría formulado saliendo de la sala y sin esperar mi contestación. Nunca supe en qué momento de su vida mi madre había decidido no saber ya nada de los suyos y quizá no saber ya nada del mundo. Salvo de Sara Gorydz —cuya madre había sido pintada por Klimt, decía— y Paolo Zava. Probablemente en Budapest, pero nunca lo llegué a saber con exactitud. Nunca se llega a saber apenas nada de los padres con cierta exactitud.

No tenía tampoco nada especial que hacer y ella llevaba varios días sin aparecer por la facultad. Tampoco contestaba a mis llamadas —cometí la debilidad de marcar dos veces su número de móvil—, ni las devolvía siquiera, esa exigencia de ahora, la era de la ansiedad digital. Pensé en el verdadero James Bond —un ornitólogo afincado en el Caribe— y empecé a leer sobre Fleming a la búsqueda del secreto de sus aves de plumaje sedoso y piernas interminables. El secreto se llamaba Maud Russell y apenas tardé un par de horas en descubrirlo. Pertenecía a la clase alta británica y tenía una edad parecida a la de Miriam. Al revés que yo, Fleming era bastante más joven que ella y al revés que yo en esos días Fleming era para Maud «la única razón por la que quiero ver Londres otra vez»: el amor y las ciudades que mantenemos lejos. Yo me entretenía en mi despacho con fotografías de Maud y su marido —un oficial del MI6 que apoyaría la carrera del escritor en el servicio secreto—, mientras Fleming le escribía sobre las playas de Tahití, sus cabañas de hojas de palmera, la pintura de Gauguin, las islas de coral, los días lentos y luminosos, y sus cuerpos desnudos bajo el sol, sus cuerpos desnudos en el agua y sus cuerpos desnudos en la penumbra de su habitación. Los Indios Tabajaras de nuevo.

Pensé en Graham Greene y lady Catherine Walston, también casada con un aristócrata, oficial de la inteligencia británica. Y también Greene trabajó para los servicios de inteligencia de su nación. Pero a Greene volvería después. A Greene volvería al darme cuenta de la imposibilidad del amor y su ficción. Porque se produce un espejismo en el amor que es precisamente la imposibilidad de su existencia, la certeza de su finitud, la negación de una plenitud que se vive en su propia celebración, amenazándola. Lo que no se ve ni se quiere cuando se es joven y en la madurez se tiene por la trama del relato. Maud Russell, diecisiete años mayor que Ian Fleming —guapo y con apariencia de ángel caído, nos dice— lo sabe: «Nuestra diferencia de edad impide que nos casemos», le contesta cuando le pide que se case con ella: «Tienes todas las cualidades que busco en una mujer». La diferencia de edad —cuando el amor no es lo uno ni lo otro— es un argumento tan vulgar como prudente, un argumento que tiene su origen en el aliento cercano de la muerte. Todo acaba girando alrededor de la muerte: Saturno y nosotros los anillos, más o menos alejados de su centro. «En unos cuantos años te enamorarías de otra mujer y me pedirías la libertad; y yo tendría que dártela, después de mucho dolor y mucho drama.» La escritura amorosa anglosajona es precisa como un verso de Donne y abomina del barroquismo de Pope. Maud Russell no accede a abandonar su casa y marcharse con él, aunque continúe amándolo, y Fleming acaba casándose al cabo de los años con una nueva amante llamada Ann, aficionada —como él a partir de la separación de Maud— a los azotes sadomasoquistas. O quizá no, quizá ése fuera el código privado de su relación sexual y no para llenar el vacío que nunca se llena. Exclusivamente entre ellos y no con sus ocasionales parejas, que las tuvieron estando juntos, ni a causa del abandono de Maud Russell, aunque de eso —en el caso de Fleming— ya no esté tan seguro.

El vacío que nunca se llena, los trabajos de amor perdidos, o su imposibilidad... Fleming y Greene trabajaron ambos para su país: fueron espías o informantes. El primero representaría el cliché político de la derecha de su época: caviar y hedonismo carnal; el segundo lo hace de la izquierda: fe y mala conciencia. Son escépticos los dos. Más cínicos, probablemente, que escépticos. Enamorados ambos de una mujer imposible durante toda su vida. Y los dos, ante la imposibilidad de ese amor, refugiados en otro enamoramiento que los separó —éste sí, pese a ser de intensidad más baja— de su primera mujer. El objeto de

Fleming lo conocemos: Ann, su látigo —a cuyos golpes, provocativa, también se ofrecía ella— y sus toallas húmedas y bálsamos para calmar el enrojecido escozor de las nalgas y su inflamada caligrafía azul. El de Greene sería una francesa, Yvonne, con quien pasaría en Antibes cerca de treinta años. Aquí no hubo látigos, pero sí alcohol y habanos, amaneceres frente al Mediterráneo y una estabilidad que la pasión por Catherine Walston había hecho trizas.

Catherine Walston era, al revés que Maud Russell para Fleming, doce años más joven que Greene. Casada con un aristócrata, su voluntad de convertirse al catolicismo fue lo que la acercó a Greene (pienso ahora en las conversaciones entre Charles Ryder y Julia, la hija mayor de lord Marchmain, en los jardines de Brideshead). Lady Walston era bellísima, una de las mujeres más bellas de Inglaterra y poseía una atractiva dureza en el rostro y un esqueleto de elegancia irrepetible. Tampoco se quiso separar jamás de su marido, uno de los nobles más ricos de Gran Bretaña. No dudo de la pasión que sintiera Catherine Walston por Graham Greene, que fue enorme, pero a veces los escritores, los poetas, son el contrapunto perfecto a una vida ortodoxa y enriquecen —cuando no visten— esa vida, repentinamente necesitada —en un momento preciso y no en otro— de las secretas turbulencias del adulterio. La mayor parte del precio de todo eso lo paga siempre uno de los amantes y en este caso fue Greene, para quien Walston sería el gran amor de su vida. Aunque sin imposibilidad no haya posibilidad de grandeza en el amor, pues es en la posibilidad donde acaba diluyéndose y desaparece.

Pero un escritor escribe y Greene era literatura. Su amor por Walston se reflejó en un libro de poemas, *After Two Years,* y en una novela, *El fin del romance.* Del primero publicó veinticinco ejemplares, de los que destruyó varios. Hoy en día es una carísima pieza de bibliofilia. En la segunda hace morir a su amante de cáncer: fin del asunto. El mal genio de Greene, sus manotazos en el vacío. Sobre esa novela se han hecho dos películas —la última protagonizada por Ralph Fiennes y Julianne Moore— donde se expone que sin drama no hay amor. El enamoramiento, la pasión, se pagan. Un alto precio y si no se entiende eso no se sabe lo que es el amor ni se es consciente de lo que se ha vivido y después hay que penar.

Para huir de todo eso Greene se marchó a Indochina y sustituyó a Catherine Walston por el opio y la escritura de *El fin del romance* por la de *El americano impasible.* Los escritores tienen la literatura; no siempre sus amantes lo entienden, pese a haber sido ésta, la literatura, lo que los ha acercado y arrastrado luego y haber sido ésta la clave de su comprensión del amor. «Las mujeres —escribió Pavese— saben o presienten que se celebra un misterio sagrado en mi interior.» La literatura es ese misterio y son ellas las que mejor lo comprenden salvo a la hora de ser sustituidas por ella, aunque sea para recrearlas o llorarlas. Aunque sea por eso y las honre y sepan que así no han de morir nunca porque otras se reflejarán en ellas como ellas se reflejaron antes en Justine o en Ana Karenina.

18

François Truffaut escribió y dirigió *Besos robados* y hay un filósofo oriental que sostiene que los besos escritos no llegan a su destino. Que los fantasmas los atrapan por el camino y se los tragan: los besos escritos acaban siendo besos robados. Por tanto cualquier amor epistolar sería un amor no consumado, interrumpido en su evolución, un amor que no es ni será, pues los fantasmas lo convierten en fantasmagórico al alimentarse de su rastro. Pienso en *Las relaciones peligrosas,* en madame de Sévigné o en Flaubert y Louise Colet y sonrío ante el filósofo. Pienso en los besos que se lanzan en el muelle a las tropas embarcadas y dispuestas al combate y recuerdo los pechos desnudos de varias chicas inglesas, mostrándoselos a los soldados que zarpaban hacia las Malvinas. Como diciendo combatís por esto y esto será vuestro cuando regreséis, si lo hacéis triunfantes. Como en la antigua Grecia, aunque a la guerra se fuera con otro amor al lado, que entonces sí decía su nombre. Mi madre me contaba que las mujeres de su generación se dejaban llevar por la belleza de los uniformes —las pistolas oscuras y los sables fúlgidos y las condecoraciones como una galaxia deslumbrante— y les hipnotizaba la simetría de las paradas militares, «pero yo —añadía, moviendo una mano— olía la muerte detrás de aquella belleza; sólo la muerte». Y luego, como quitándose una idea sombría de la cabeza, evocaba a mi padre —que no llevaba uniforme y en aquel momento debía de estar en Viena o en la China de Chiang Kai-Shek— contándome, sin pensar si aquello podía incomodarme, lo divertido que era en la cama, «muy ocurrente tu padre», y que le gustaban especialmente las arquitecturas imposibles. (Nunca pregunté por la imposibilidad de esas arquitecturas.) Pero algo en él —seguía— estaba lejos, lejos de donde estaban ambos —lejos como los besos después de ser escritos, pienso ahora—, y que a ella esto no le molestaba, que ella nunca había sido de atrapar a un hombre por entero. «Las mujeres siempre tenemos una parte de nosotras en otro lado, a salvo —decía—: podemos entender eso». En cambio, mi padre, ya cercano a morirse, en las tardes de hospital que yo lo acompañaba, me hablaba de las mujeres como un coleccionista de insectos. «Sólo hay dos clases de mujeres —me decía—: las que tienen afición y las que no la tienen. Las primeras hacen completamente feliz a su hombre, satisfaciéndolo. Su reino es el de la naturaleza y el instinto. Las otras tejen un reino más sofisticado, una arquitectura imposible —eso me dijo, arquitectura imposible— y allí lo retienen. Las primeras lo aletargan; las segundas lo despiertan», sentenciaba. Y luego repetía, desazonado, la manía de mi madre en los últimos tiempos de su matrimonio, escapando hacia el borde de la cama mientras dormía y cómo cuando él se levantaba y regresaba a la habitación la encontraba abrazada a la almohada y en su lado, como si la almohada fuera él en otros tiempos y él ahora un estorbo y eso sólo ocurría al dormirse, nunca despierta; dormida huía para salvarse, «a ver qué diría sobre esto el doctor Freud», repetía una vez y otra, como si en alguna ocasión hubiera sentido respeto por los médicos y psiquiatras y brujos. Y en la mesilla de noche había una foto de mi madre enmarcada en plata, sonriente, vestida para una boda a la que él no fue. Estaba espléndida. Había apuntado al dorso: «La mujer que nunca tuve». Pero en esas tardes hospitalarias yo no preguntaba, ni pensaba en Freud o en mi madre, sino en dónde estaban todas las mujeres que lo amaron o así lo pareció. Dónde estaban aquéllas detrás de las que él desapareció de casa tantas veces, para acabar, al final, desapareciendo del todo y morir solo en una habitación de hospital. Y recordaba unas palabras de mi madre: «Tu padre era de aquellos hombres que jamás llegan a conocer a la mujer que tienen al lado, tan pendientes de sí y de sus necesidades están. Y lo cierto es que es fácil enamorarse de un egoísta —a mí me ha pasado varias veces— y ellos lo saben; tan fácil casi como desenamorarse de él; eso lo desconocen y nunca lo aprenden por mucho que sus relaciones se estropeen una tras otra y una tras otra estén destinadas a estropearse o a perderse, como los besos escritos, entre las manos y en la oscura boca de los fantasmas».

A mi padre le pasó lo contrario que a Paolo Zava. Mi padre fue quien eligió. Eligió a mi madre y a Sara Gorydz. Y se quedó sin una ni otra. Zava en cambio se casó con Sara para salvarla y fue mi madre quien se lo suplicó. Mi madre amó a Zava toda su vida y aunque cuando estás enamorada otros cuerpos son intrusos, su colección de amantes ocasionales, duraran lo que duraran éstos, fue un refugio para protegerse de ese amor inacabado, como inacabada queda una guerra para quien la ha vivido. «Dime lo que quieres y lo tendrás», le había dicho Paolo Zava a mi madre aquella tarde en Budapest. Y ella calló y luego lo abrazó y volvieron a hacer el amor en el sofá de su despacho. Y antes de marcharse, cuando se estaba vistiendo y él la miraba desde el sofá, mi madre que no era aún mi madre le dijo: «Cásate con Sara. Es la única manera de sacarla de aquí e impedir que la maten». Imagino a mi madre contemplando las aguas grises del Danubio al alba, antes de que un sol pálido las dorara, y el estampido de los cañones muy a lo lejos. Como truenos de una tormenta que no ha de llegar. Y la sorpresa de Zava y su resistencia primero y su aceptación más tarde. Después de que mi madre lo mirara en silencio largamente y en esa mirada él contemplara la intensidad del amor como mi madre las aguas del Danubio minutos antes. Si Paolo Zava tuvo fuerza o quiso o supo conquistar a Sara Gorydz al acabar la guerra y tras años de convivencia, ni lo sé yo ni lo supo mi madre, supongo. Hasta que recibió aquella carta donde Sara decía que él se estaba muriendo y que por favor viajara a Italia para despedirse porque la había amado siempre y en sueños continuaba llamándola. Después de tantos años aún la llamaba en sueños. Y Sara Gorydz añadía en aquella carta una frase de la dedicatoria de un libro de su marido sobre el Neoclasicismo: «Si es cierto que la materia de los sueños es la materia de la que estamos hechos, yo estoy hecho de ti, a quien apenas tuve entre mis brazos». Nunca vi ese libro de Paolo Zava en las librerías de casa.

¿Y si no fue así? Porque nunca sabemos, por mucho que nos cuenten. Por más que nos cuenten no llegamos a saber nunca y lo que sabemos empieza a desvanecerse desde el momento en que adquirimos conciencia de su conocimiento. Y precisamente por eso todo puede ser al revés de lo que creímos alguna vez. El misterio de los padres radica en que fueron como nosotros —ni más ni menos como nosotros— y estamos incapacitados para comprenderlo en su totalidad: lo impide nuestra condición de hijos. Algo parecido ocurre con el amor: sin enamoramiento, sólo por aproximación se vislumbra su sombra, nada más que su sombra o reflejo; enamorados poco podemos entender, porque sólo la vivencia del amor nos explica y no tenemos ojos ni oídos para explicación alguna; sólo tacto para comprobar que por mucho que nos adentremos en él siempre nos quedamos a las puertas. Quizá ahí habite la raíz del sacrificio que todo enamoramiento implica. Quizá de ahí saliera la fuerza de mi madre para renunciar a Paolo Zava a cambio de la vida de Sara. Pero acierte o no, está en la naturaleza del amor que permanezca equivocado. ¿Por qué Zava acepta la proposición de mi madre? Es comprensible que mi padre, incluso en todo su cinismo, eligiera salvar la vida de Sara a cambio de renunciar a ella en lo desconocido. Pero también es posible que fuera el mismo cinismo de mi padre el que alejara a Zava y a Sara de mi madre para así retenerla a su lado —ahuyentando, bajo una apariencia de nobleza, todo aquello que podía impedirlo— y no perderla ya nunca. Una vez en Madrid,

Roma quedaría lejos y Europa sólo sería una tierra devastada donde la pérdida de cualquier enamoramiento no pesaba lo que una pluma de ave. Cosas de la guerra. El viejo lema del tiempo y la curación. ¿Pero Zava? ¿Por qué renunciar a lo que nunca suele renunciarse por daño que pueda causar? Mi madre nunca habló de eso y en su silencio tal vez habitara lo inesperado, la decepción del amor. Quizá que Paolo Zava aceptara su proposición fue para mi madre la peor herida. Que otro nos exonere de nuestro mal es cómodo, pero no que nos enfrente a lo que no sabemos que existiera y de repente nos daña y perjudica sin remedio. Por ejemplo, cierta fatiga inesperada en la mirada de aquel a quien amamos y al detectarla sabemos que nada queremos saber de esa fatiga y que no la hubiéramos adivinado de haber callado lo que hemos dicho. Por ejemplo: «Es la única manera de salvar a Sara, mi amiga, que tú te cases con ella y os marchéis a Roma. No hay otra salida. Además, allí ella será para ti una forma de salvoconducto que diluirá tu pasado como periodista del fascio; piénsalo». De la capacidad de convencimiento o seducción de mi madre no tengo duda alguna, pero en todo enamoramiento hay juegos y estrategias y celadas y una guerra latente que nos satisface en la victoria y nos satisface en la derrota. Queremos vencer y ser vencidos al mismo tiempo. No soportamos perder, pero menos soportamos que el otro no sepa o pueda vencernos. Su propuesta era envenenada: en origen por venir de mi padre, pero al aceptarla ella y exponérsela a Zava adquiría un emponzoñamiento distinto. Mi madre sabía lo que hacía. ¿El sacrificio del amor consiste en su renuncia? Posiblemente, pero no sólo. ¿Bastaba con saber que la vida de Sara quedaría a salvo? Una guerra no admite estas contemplaciones. O sí, quizá sea cierto que el amor puede con todo. Pero el amor ¿hacia quién? Y aquí vuelve a aparecer la presencia invisible —siempre fue invisible en mi vida— de Sara Gorydz y no mi padre, ni Paolo Zava, por muchos libros suyos que hubiera en casa. Como si en las manos de mi madre sólo existiera una marioneta y ésta fuera Sara. ¿Y si fue al revés? ¿Y si hubiera sido mi madre la marioneta en manos de Sara Gorydz, amante de su marido y mujer después de su amante y en el origen de todo la estancia en Roma de ambas, la juventud recién estrenada y el amor —sáfico o no— que mantuvieron al margen de sus otras vidas...? Nunca sabemos, por más que nos cuenten; sólo en el silencio, a veces, vemos y oímos con claridad lo que nunca antes supimos ver ni escuchar.

19

Creo que existe un punto al que sólo los amantes llegan y en el que la imposibilidad del amor se hace táctil y establece un vacío entre ambos imposible de cruzar. Cuando se llega a este punto surge la desesperanza en su forma física y los amantes aprietan el cuerpo del otro como si fueran a caer para siempre en ese vacío. Se estrechan y agarran con la mano entera, estiran la carne amada, la penetran con los dedos hasta palpar ese vacío en el otro cuerpo, se muerden, abofetean o azotan para lograr lo imposible y en la creencia instintiva de que la descarga eléctrica ha de ser más intensa y placentera y sólo eso podrá compensarles del conocimiento de su impotencia. La impotencia de saber que nunca serán el otro, ni él —o ella— será uno mismo. No hay pasaporte que permita cruzar esa frontera.

Del mismo modo que hay vidas paralelas y no sólo en Plutarco, hay historias de amor paralelas, o por lo menos historias de amor cuyo conocimiento nos permite acercarnos a otras de las que nada sabemos. Cuando supe de la relación entre Paolo Zava y mi madre —nunca antes de su muerte pensé que hubieran sido otra cosa que amigos en unos tiempos donde la amistad era tan valiosa como el oro (y el oro lo era más que nunca)— volví a los diarios de Jünger en París durante la Ocupación. Volví a su relación con la Doctoresse y Charmille, que eran la misma persona, Sophie Ravoux, según se encontraran en un piso —en el piso de ella o en el de algún amigo común— o pasearan por la ciudad. Pensé en Budapest ocupado y en París ocupado. En la guerra y la libertad erótica y el incremento del deseo que la guerra provoca como compensación a la vecindad cierta de la muerte. Como reafirmación de la vida ante la visión de la muerte (ocurre también después de haber asistido a un funeral). Pensé en mi padre como el marido de mi madre, cuando ni uno ni otra eran mi padre o mi madre, y pensé también en el marido de Sophie Ravoux cuando aún estaba con ella; el primero con los ejércitos vencedores a punto de dejar de serlo —vencedores y ejércitos—, el segundo internado en un campo de trabajo, aún no de exterminio. Uno a punto de vivir su particular caída del imperio romano; el otro habiendo vivido su propia destrucción del Templo de Salomón. ¿Qué hace la literatura sino recuperar las emociones que sólo hemos vislumbrado y convencernos después de haber sido sujetos o partícipes de esas mismas emociones con idéntica intensidad? Como quien contempla los mosaicos de oro de la basílica de San Marcos en Venecia, la literatura, y se refleja en ellos mientras pisa los mármoles de colores y al contemplar esas cúpulas y pisar los círculos multicolores —senos dorados y mandalas bizantinos que son espiritualidad y son símbolos del cuerpo femenino— siente la promesa cierta de la existencia del paraíso. Sin saber que en él se encierra el vacío.

Así describe Jünger en sus diarios la segunda visita al piso de la Doctoresse. Se supone que ya se han acostado una vez y la suposición procede de una nota muy breve escrita tres semanas antes: «Conversación con la Doctoresse. Es médica y posee una inteligencia sutil, precisa, mercurial». Sutil, precisa y mercurial: ¿alguien da más? Y Jünger nombra el entorno de su encuentro como la colección de un naturalista, Humboldt siempre al acecho en su interior. Es una descripción mineral —la mirada ártica de la que habló Chatwin— pero más que el entomólogo que era, parece un poeta modernista estilo Tablada o Rebolledo. La escalera es de color amatista y forma la hélice de un caracol marino; el negro de las algas sobre el hielo en la bandeja de ostras deriva en verde de malaquita «lleno de la preciosidad de la vida» (e imagino que la húmeda palpitación y su encogimiento bajo el zumo del limón es esa preciosidad de la vida). Y entre las agujas de hielo y las algas, «las conchas de las ostras, con estrías verdes e incrustaciones de nácar, en medio de los reflejos de la plata, de la porcelana, del cristal». Naturaleza y civilización: París. Pocos días después apunta: «Con las mujeres inteligentes resulta muy difícil salvar la distancia que separa del cuerpo». Pero hay más: cuando regresa a casa de Sophie Ravoux «el tiempo queda atrás», dice. Y añade una frase de ella, que diciendo otra cosa, dice también sobre ese margen del mundo que es el territorio de los amantes: «Nadie sabe mi nombre ni conoce este refugio». Y él responde: «He tenido que llegar a la edad que ahora tengo para encontrar goce en el encuentro espiritual con mujeres». Tiene cuarenta y seis años; es aproximadamente la edad de Paolo Zava cuando conoció a mi madre e imagino las casas de baños de Budapest —sus cúpulas, claraboyas y piscinas de mármoles de colores— como basílicas paganas donde se citaban en la errónea pero extendida certeza de que los amantes son invisibles allí donde abunda la gente: mercados, iglesias, restaurantes y cafés. Pero el encuentro espiritual se realiza también desde el disfrute de la anatomía: «He ido a visitar a la Doctoresse, que guarda cama por culpa de un lumbago. Conversación sobre el cuerpo humano y luego, en especial, sobre su anatomía». La nueva intimidad que la enfermedad regala. Y sobre otra visita apunta: «El reloj avanza más rápido en estas charlas, como ocurría en otros tiempos en las selvas vírgenes. Para que ese efecto se produzca son precisos distintos factores —belleza, comprensión espiritual completa, y cercanía del peligro—. Luego intento retardar mediante la reflexión el paso de las horas. La reflexión frena las ruedecillas del tiempo».

En las palabras de Jünger no me resulta difícil encontrar a Paolo Zava; como no me resultaría difícil hallar trazos de mi historia con Miriam: al revés. Pero a mí me interesa la voz de mi madre; me interesa imaginar a mi madre, enamorada bajo la lluvia, que tiene en el Este el color de los uniformes de la Wehrmacht. Jünger establece el nacimiento de su pasión por Sophie Ravoux —cuya huella permanecería al menos hasta 1984, cuarenta años más tarde— bajo tres parámetros y un escenario que los abarca a los tres. El primero son las tiendas de grabados y librerías de viejo en torno a Saint-Sulpice: las imágenes iluminadas, los textos antiguos, la literatura y el pensamiento como cojines donde reposar el vientre para alzar las nalgas ofreciéndoselas al amante. El segundo son los anticuarios de la Rive Gauche; maravillosos y más surtidos aún en tiempos de guerra: en ellos Jünger encuentra la densidad del tiempo, una densidad parecida, la de los siglos, a la que sólo crean los amantes, que condensan en sí a todos los amantes que han sido y son, a todos los que conocemos y desconocemos: desde el rey David a Rilke, por citar dos nombres que estaban en su mapa genético. Y desde el fragmento de una tabla gótica a un escritorio Biedermeier y, últimamente, desde un *lit en bateau* de caoba a una delicadamente perversa acuarela de Foujita. El tercer parámetro son las flores. Jünger enamorado parece que habita en el centro de un jardín y el jardín fue, en origen, la metáfora del paraíso. Ante nuestros ojos de lectores se abre todo un atlas de botánica universal que es, a su vez, un verdadero jardín proustiano. Y ahí está París: en Proust como su emblema y el protagonismo del amor en la ciudad, proyectándose sobre grabados, libros, muebles y flores. Y una afirmación que recorre todo el relato, como una clave secreta para iniciados: sólo la cultura enriquece la vida, sólo la cultura proporciona al erotismo una riqueza superior. Y ahí Jünger dice: «Hay conversaciones que cabe calificar de fumar opio a dúo». Por las cartas que encontré a la muerte de mi madre, ese fumadero de opio *à deux* fue el siguiente paso de su relación con Zava, cuando ni el anonimato de los baños ni el de los cafés del imperio austrohúngaro fueron suficiente.

La etología y el amor. A finales de 1941 Jünger, que es un artista del camuflaje, pasa las Navidades en su casa de Kirchhorst y visita el jardín de los patos. Comenta: «Se aparean en los charcos que la lluvia ha formado en la hierba. Luego la hembra se coloca delante del macho y bate las alas, dándose importancia; formas primitivas de la coquetería y de la seducción». No es difícil imaginar lo que está pensando, atrapado por la devoción erótica de su amante y sus artes: lleva días sin verla ni ser abrazado por ella. París y el apartamento de Sophie Ravoux. Cuando la mujer —cualquier mujer—, satisfecha, salta de la cama y pasea desnuda por la habitación dirigiéndose al baño y de repente parece que se arrepiente y se detiene y acerca, caminando de espaldas, de nuevo a la cama y alza el culo y mueve las nalgas a la altura de la cara de él y espera un beso o un azote o el recomienzo de la ceremonia y gira un poco el cuello y mira, como a la espera, y vuelve a mover las nalgas como una danzarina de harén, las piernas en un baile que marca el paso y la carne, aunque firme, tiembla del mismo modo que suena un reclamo entre los juncos del lago y se oye el aleteo de las aves. «El amor a una mujer determinada es doble, pues por un lado se dirige a lo que ella tiene en común con todos los otros millones de mujeres, y por otro la distingue de todas las demás y pertenece a ella sola.» Y la imaginación erótica es, sobre todo, de ella, Judith o Dalila, la sumisión y la dominación son juegos ineludibles —juegos para anestesiar el vacío ya nombrado, juegos para aplazar la muerte—, y aparecen los disfraces y las cuerdas y la pala o el látigo blando y los corsés que resaltan zonas del cuerpo y la ropa interior sofisticada y los anhelos más ocultos y aquello que nos devuelve a la infancia, cuando aún no habíamos sido expulsados. Y Zava se mezcla con Miriam y Sophie Ravoux con mi madre y... Y aquí he de parar para continuar en la experiencia amorosa de Jünger como una casa habitada por todos nosotros. El recuerdo del amor de forma vicaria: del mismo modo que lo contemplan en el cine aquellos que no lo vivieron nunca.

20

Hay un momento en la vida donde se cruza un ecuador invisible o se dobla el cabo de Hornos y uno no se horada el lóbulo de la oreja para colgarse un aro de plata, pero algo cambia irremisiblemente, algo sutil e irrefrenable mueve las líneas del puzzle donde encajaba esa vida suya y a partir de ese momento una leve distorsión —leve pero implacable— se apodera del espacio y del tiempo y nada está exactamente en su sitio aunque no haya dejado de estarlo. «Estoy desenfocado», dice Woody Allen en *Desmontando a Harry*. Desenfocado. La pertenencia de esa vida y la pertenencia a esa vida se quiebran sin fragmentarse y el movimiento de la tierra bajo tus pies se hace perceptible. Por ejemplo en la decepción ante el engaño —o lo que por engaño se tiene— y la desconfianza que se genera en esa decepción. Por ejemplo en la cercanía de la muerte y el repentino temblor ante la certeza de la finitud, si hablamos de ellos. Por ejemplo ante el esplendor del deseo, un esplendor que creíamos perdido, si hablamos de ambos. Sí, tan fácil y tan vulgar como eso. O sea, tan humano. Pero lo más curioso es que antes de la llegada de este momento nada se detecta ni avisa y todos conocemos la existencia del engaño —en otros, pero la conocemos y no tendríamos que creernos a salvo— y sabemos que sólo el tiempo es infinito en sí mismo y que su tacaña herencia en nosotros es lo efímero —la única propiedad, lo efímero— y adiós. Cada vez más cercano ese adiós. Pero nuestra vida posee el orden cartesiano de un jardín francés donde la mecánica secreta que empuja al cambio como única certeza de la conciencia de estar vivos está domesticada en parterres, macizos de flores, juegos de agua, laberintos de cipreses, anfiteatros de hiedra o setos de boj. Hasta las aves y los insectos están minuciosamente clasificados en ese jardín y nada parece que haya de alterar nunca ni orden ni clasificación aunque en el coqueteo con la vida se asuma y diga lo contrario, en la estúpida creencia también de que lo contrario es siempre para los otros. Como una enfermedad letal. Hasta que de repente lo que ellas nunca habían dicho pesa más que lo dicho y se van, y en ellos el aviso de un cáncer, aunque luego no sea, trastorna y aviva el deseo, como trastorna la visión exaltada del cabo de Hornos y el nuevo ciclo —tan breve y en decadencia la mayor parte de su tiempo— que nos espera detrás. Y el cambio sucede y el cambio se proyecta sobre una mujer más joven en ellos —también ahí lo vulgar, en el convencimiento de que es esa vulgaridad la fuente de la vida— que los distancie del desgaste en la mirada de los amigos —el monótono tedio, las disonancias o rencillas sumergidas y nunca afloradas—, del amor fatigado —el amor que ya no se dice— y de la dispersión centrífuga de la familia, cada vez más alejados entre sí sus miembros en la torpe seguridad de que una raíz atávica —la sangre— los une, sin comprobar si la mecánica de la voluntad —tan importante como la sangre— está engrasada o se descuida y oxida y paraliza. Y eso es más que suficiente para que la culpa desaparezca —la culpa es muy fea, nadie la desea, decimos en la isla— o mejor, se proyecte sobre la recién llegada, la causante de los males infligidos en el jardín, las plagas, los vientos y el granizo —aunque más exacto sería hablar de insolación—, como sobre el extraño recaen todas las sospechas, las habladurías y las insidias en cualquier comunidad y más aún cuanto más pequeña.

Y aquí es donde puede hablarse de la estabilidad en lo inestable. Lo que no lo era y ahora sí y en adelante continuará siéndolo y es muy probable que ya para siempre. La búsqueda del equilibrio en lo inestable para seguir fijando la vista pese a estar ¿desenfocado? Perdida la estabilidad, es la inestabilidad que surge de ella el lugar donde mantener, acertadamente o no, el equilibrio. Y sólo cuando sea demasiado tarde saber si en esa opción nos equivocamos, o no. O lo que es lo mismo: equivocamos nuestra vida o reforzamos su coherencia a sabiendas de que esa coherencia era nuestra casa y nuestra casa encerraba a partir de ese momento la posibilidad de un error. Cuando sea demasiado tarde para regresar a donde nos perdimos o nos encontramos con aquel que fuimos sin saberlo hasta entonces. Bajo la luz, una luz que ya habíamos olvidado, si es que alguna vez pudimos contemplarla. De ahí el curso sobre el amor y la escritura. De ahí que propusiera a mis escasos alumnos la vida de los escritores elegidos como un ejercicio de campo donde iba a quedar atrapado. Un episodio amoroso en la vida de Jünger, Fleming o Greene. Mientras, yo me reservaba a Ridruejo y a mi madre y mi padre y todos mis abuelos detrás. ¿Por qué ninguno de ellos decidió perderse ahí donde se sintió perdido y mantuvo el jardín dañado, optando por *il gran rifiuto* y entregándose de vez en cuando a la melancolía del *duduk* armenio —que escucho ahora mientras escribo— como la danza de un pez abisal allí donde el océano es oscuro y nada puede verse? Ni la fosforescencia del amor ni su danza pueden ya verse. ¿Por qué Jünger desistió frente al magnífico amor de Sophie Ravoux? ¿Por qué la amante de Fleming lo quiso alejado de sí? Como Catherine Walston a Greene. Y De la Mora a Ridruejo, antes de que llegaran la condesa Podewils y, efímeramente, mi madre. El único denominador común ajeno al amor es aquí aristocrático: lo eran las inglesas, lo era la española que estuvo al frente de la propaganda franquista durante la guerra, lo fue la condesa nazi que traducía a Rilke... Y hay algo aristocrático muy potente en Jünger pese a no tener una sola gota de sangre azul: ahí está la escritura. Algo que Jünger sabía muy bien y que el instinto de ellas —ese instinto que les hace permanecer a través de los siglos— deseaba conservar en sus amantes, como si la escritura fuera también una forma de ser inmortales en el tiempo. No sólo por sangre, árboles genealógicos y escudos, no. Beatriz y Dante, o Laura y Petrarca. *Un bel morir tutta una vita onora...* El *bel morir* del amor inacabado, quizá, que alguna vez saldría a flote como ocurre con los pecios de un viejo naufragio.

Pero también, en su cálculo sentimental —si eso no es un oxímoron—, la consideración de la pasión como un pasaje a vivir en la vida, la escala en un puerto exótico, una frenética distracción a plazo fijo y nada más. Nada que se antepusiera a los días trazados, los cócteles de familia, el *bridge,* la tradición prevista, el trato entre iguales. Sólo a Sophie Ravoux —partidaria de la felicidad en la desgracia de su época y sacerdotisa de Eros como forma de agradecimiento ante el don de la vida— no le preocupaba en absoluto la supervivencia en el tiempo, sino apurar desde el goce compartido ese tiempo, generoso, infrecuente y raro. Durante la Ocupación y una vez acabada la guerra y más allá. El amor ajeno a las pautas de los hombres. Ella pertenecía a una estirpe más sabia y antigua que cualquier nobleza europea. Sus antepasados formaban las tribus de Israel y custodiaban el Arca de la Alianza cuando los antepasados de la nobleza europea eran ágrafos, vestían con pieles de oso y cazaban uros en el bosque de la noche y los aullidos de los lobos. Sophie Ravoux era judía y en mi familia nunca se coló una sola gota de sangre azul.

21

Cuando mi madre dijo «esta noche me embarco con el coche y me voy a Francia a buscar a un amigo mío», mi padre llevaba varias semanas fuera de casa. Una conocida actriz de revista, supe años más tarde. La recuerdo nerviosa mientras preparaba la maleta pequeña —una Louis Vuitton que le había regalado papá, para viajes cortos— y diciéndole a la abuela que estaría pocos días fuera. Que subía a Francia y regresaba, pasando antes por Madrid. Eso dijo: subir a Francia, «como si a Francia se fuera en globo», oí que musitaba la Abuela Ponga un Poco de Todo. Y luego añadió en voz alta: «Disfruta y no pienses si haces bien o si haces mal. Sólo haz y sé lo más feliz que puedas». Esto es lo que recuerdo y coincide con lo que años más tarde me contaría...:

«Ella fue su amante, sí, y amiga de su mujer, también. Fue su mujer quien le pidió que fuera a buscarlo a París y lo trajera de vuelta a casa. En esa época ella estaba harta de él y no podía más. Ni fuerzas para ir a buscarlo tenía. Tu madre le dijo que sí; los dos matrimonios eran amigos. Los recuerdo a los cuatro, sí, con tu padre (que menudo era tu padre, por cierto, un sinvergüenza al que tanto daba una como tres, pero eso sí, siempre sabía cuidar de tu madre cuando volvía de sus juergas interminables), los cuatro en la barra del Chicote, ahí es donde los recuer-

171

do. Les gustaba reírse, se hacían notar, eran distintos, parecían extranjeros... Ya te dije, su mujer le pidió a tu madre que lo trajera de vuelta a España, no quería ir ella. Aguantar a un escritor es insoportable y estaba cansada de sus arranques de mal humor y de sus constantes caprichos: ahora me voy, ahora me quedo, este país es asfixiante... y otras cosas así, no olvides que era hijo único.

»Tu madre aceptó encantada: él le gustaba (él gustaba a las mujeres, con esa voz profunda y la labia encendida que tenía) y tu padre estaba entonces en medio de un archipiélago amoroso: nadando de isla en isla y sin aparecer, ni dar más señales de vida que alguna que otra llamada telefónica, tan imprecisa como lejana. En aquel viaje se hicieron amantes. No, no puedo decirte cuánto tiempo duró, pero en su grupo de amigos no era una rareza. Allí todos se acostaban con todos, no pongas cara de extrañeza. Por mucho Franco y mucha Iglesia y mucho Concordato que hubiera, aquello era un putiferio, con perdón. Siempre se consideraron digamos que bastante libres en su vida privada, como si vivieran al margen, o las normas no se dictaran para ellos, o se pusieran el mundo por montera, si me apuras. Al fin y al cabo habían ganado una guerra. Vosotros, cuando jugabais a hippies, creíais que habíais inventado la naturaleza y el sexo y el amor libre... Por favor... Los tendrías que haber visto: lo mismo pero con formas y pulcros, con smoking y camisas de seda y Christian Dior y 4711, guapos, guapísimos (no como vosotros, que apestabais a *patchouli* y llevabais ropa raída y rota y el pelo de indio sioux). Y al día siguiente como si nada, sí, la doble moral para mantenerse a salvo, pero a misa no iban, eh, eso sí que no, patrañas, las justas. A veces he pensado que el hecho de vivir alejados del casco viejo de la ciudad y en casas aisladas o chalets modernos (siempre con jardín, una metáfora del paraíso) ya era, de por sí, una manera de estar en el mundo, de manifestarse en sociedad y de quererse más libres. En fin, lo cierto es que lo fueron: en muchas de sus costumbres lo fueron (les gustaba el jazz, tomaban el sol desnudos, por ejemplo, sabían idiomas, ellas fumaban, y bebían antes de cenar whisky americano), y tus padres también: entre ellos y con los demás. De celos y tensiones y distanciamientos (que debió de haberlos) nada sé; nunca los manifestaron delante de los que no pertenecían a su sanedrín hedonista. Como si se protegieran entre sí; como si todos supieran un secreto inconfesable de cada uno de ellos y eso los mantuviera unidos y receptivos entre sí. Y divertidos, repito. Sin pecar nunca de infantiles, ni hacer el ridículo, eran muy divertidos e ingeniosos; la risa fue algo así como su oración mientras estuvieron unidos. Y venían amigos de Madrid o de Barcelona, de los Estados Unidos o de Sudamérica, escritores y pintores, la mayoría, y alguna hija de millonario, de rico hacendado centroamericano, también. Poetas o aprendices de poeta, mejor, todas. Había temporadas en que no se distinguían apenas del arca de Noé, con sus abrigos de piel de leopardo y sus sombreritos de plumas y las perlas alrededor del cuello y ellos con largas barbas, trajes cruzados y alpargatas, atracados más que sentados en la plaza Gomila y convirtiendo esa plaza en el mismo centro del universo-mundo, visitado por Grace Kelly y Rainiero,

Ava Gardner o Robert Morley y su rostro de búho observando a las chicas más jóvenes. Eran tiempos felices (para ellos lo fueron), aunque los había, no entre ellos, que todavía llevaban pistola bajo la americana.

»No, no me preguntes cuánto duró, pero duró, no fue un capricho de una semana o un mes. Tu madre parecía que bailase al andar (unas piernas preciosas, por cierto) y tenía una luz distinta en el rostro: éste es el mejor radar para detectar amores ilícitos, si es que el amor es ilícito o si es que el amor no es o ha de ser ilícito siempre, y a tu padre, la verdad, todo esto le importaba muy poco. O eso parecía, al menos, siempre tan *charmant* y atento con todos, lo vieran o no como un ciervo de muchas puntas.

»Ya sé, a ti te interesa el escritor... Pues venía a la ciudad muy de vez en cuando (tenía amigos entre los médicos y los escritores) y ella viajaba a Madrid o a Barcelona, donde él estuviera, cada varios meses. ¿Cuánto duró? Ya te digo, no lo sé: ¿dos, tres años? No creo que fueran más. Quizá menos. Sobre todo debió de notarse en el aumento de la factura telefónica (las conferencias eran caras) y en el gasto en sellos, claro. Ahí es donde quedó constancia de su historia. Más que en hoteles o casas de citas o de amigos, sospecho que fue en el ministerio de comunicaciones donde se desarrolló su vida amorosa. El amor siempre es un dispendio, ya sabes, y ellos se enamoraron, no me cabe la menor duda. A tu madre siempre le gustaron los artistas. Los artistas para ella eran un mundo diferente y una expiación de algo que nunca pude averiguar. Y él era un artista, pero yo sigo pensando que tu padre lo era más: un verdadero artista de la vida, tu padre, y eso es más difícil que escribir o pintar, créeme. Y siempre quiso regresar con tu madre, tu padre. Tras su separación definitiva (que ocurrió al acabar este último *amour fou* de ella) siempre quiso regresar. Lo imagino saltando la verja de vuestra casa, con un ramo de flores en una mano y una botella de champán en la otra. Así debió de imaginarse él muchas veces. Pero cuando una mujer toma una decisión, si esa mujer es como Dios manda, te puedes reír de Napoleón: nadie podrá cambiarla; nadie. Y menos que nadie quien la empujó a tomarla. Y tu padre, que conocía a las mujeres, lo sabía. Por eso no saltó nunca la verja. Por eso y porque era un perro y sabía también que volvería a escaparse después. Fue lo que lo mantuvo alejado y a vosotros a salvo. ¿De qué? De que todo fuera a peor, a mucho peor, créeme.»

Ni la falangista ni la condesa nazi eran como ella. La primera, una veleta que lo volvió loco, ahora sí, ahora no, ahora por aquí y después por allí. Al menos, eso sí, le sirvió para escribir un buen número de poemas de amor no consumado. Qué diferencia con la norteamericana de Salinas, por citar a alguien cercano en el tiempo. La alemana fue otra cosa; pudo lo intelectual, pero también ahí hubo algo que los distanció. En el origen estuvo el fin, pienso y Ronda fue su Tomis. Aunque Ovidio estaba solo en Tomis y él no: ella fue a acompañarlo. Es curioso: mi madre siempre decía que un escritor es un buen amante. «Pero sólo como amante; como marido es un desastre que acaba anulándote», añadía. Y se reía. La convivencia entre dos escritores —y la condesa algo de eso tenía— debe de ser tremenda. Ella fue su amante, probablemente más inteligente que la falangista y quizá más que la condesa. Y sin afán de escribir, aunque supongo que sí de ser escrita. Tuvo más capacidad de amar, eso seguro, y él venía a la isla a verla, ya lo he dicho, cada medio año o así. Ella siempre fue mucho mejor y él lo supo ver antes de aquel viaje a Francia, cuando pasaban noches en Chicote o en Pasapoga, supongo. Él lo supo antes de que ella subiera a Francia a buscarlo y la Abuela Ponga un Poco de Todo le dijera «disfruta y no pienses si haces bien o haces mal». Guardo algún libro dedicado por él en aquellas visitas y a veces miro su letra y pienso que los dedos que la escribieron, minutos u horas antes de hacerlo estaban acariciándola, recorriendo su piel o introduciéndose en sus húmedos orificios y siento una especie de fascinación hipnótica donde otros sentirían pudor o vergüenza, cuando no rechazo y asco. Y beso esa letra ahora que mi madre ya no está, como si fuera su amante italiano, paseando por el Trastévere y acordándose de cada segundo que pasó con ella y deseando haber estado en los que no lo hizo porque ella no le dejó hacerlo.

22

Su modelo fue D'Annunzio, y su Fiume, la guerra civil española. Y la Alemania nazi, su Walhalla. Pocos años, pero lo fue. Me pregunto: ¿quién fue su Eleonora Duse? O mejor: ¿con cuántas mujeres distintas, mi madre entre ellas, formó su particular Eleonora Duse? Y aunque no coincidieran en el tiempo, ¿existió alguna rivalidad entre la condesa que traducía a Rilke y mi madre, que sólo se traducía a sí misma? Flecos de una distracción. Posiblemente la última distracción de este tipo en la vida de mi madre. Ahí su importancia, no en la figura de él, cuya voz a todas enamoraba, no en la figura de él, seductor impenitente y algo masoquista en la búsqueda del maltrato. El de Marichu y su camisa azul, el de Podewils y su cruz gamada, el de Franco —a quien todo se lo había dado desde Burgos y Salamanca, cuartel general—, Franco y su voz aflautada y su mirada azabache. Siempre fue él el abandonado, el apartado, el olvidado, el condenado al destierro, como Ovidio por Augusto. ¿Imaginó que todo esto ocurriría mientras contemplaba el busto de Nefertiti en el Museo de Berlín, vestido de uniforme negro y correajes, tan apropiado en el apogeo del nazismo, tan apropiado a la vuelta de la campaña de Rusia? La belleza de Nefertiti, la belleza de Marichu de la Mora, la belleza de Podewils, la belleza de mi madre, la belleza de los uniformes y los desfiles y los discursos encendidos. Sí, la belleza de la épica. La trampa de la belleza y la poesía detrás, camuflándola. Epifanías tras las que suele esconderse la caída.

Y en mi madre, la libertad al perder de vista a mi padre, el último expreso a Lisboa o a Shanghái, que entonces se llamaba en España Shangay. Aunque Lisboa y Shanghái fueran el sur de Francia, y el expreso, un viejo Volvo traído de Italia por mi padre. La certeza de que ya no habría más lugar para el amor, de que incluso este amor podía ser un simulacro, una despedida del amor vivida como reencuentro, los adioses como certificados de defunción de todos aquellos que fuimos y ya no seremos jamás. Los adioses, esa forma de destierro. Y aun así, la ilusión por vivirlo y el viaje —mi madre canturreando mientras hacía la maleta—, los hoteles, las ciudades de paso, como el escenario perfecto para la última ceremonia de Eros. Nunca dijo ni contó nada de este episodio de su vida, más importante de lo que pudiera parecer por su brevedad. Y lo poco que supe lo adiviné —y tal vez lo fantaseé— en las medias palabras de la Abuela Ponga un Poco de Todo, siempre tan favorable a todo lo que representara la vida en su apogeo. Cuando pienso en ella, me viene a la mente la fogosa Ocampo, Victoria, aunque las dos Ocampo lo fueran, fogosas —como lo fueron las hermanas De la Mora—, cuando harta de escuchar a Ortega perorando sobre todo y sobre todo escuchándose sin cesar a sí mismo, se detuvo en un sendero del jardín y le dijo mirándolo a los ojos: «¿Por qué no deja de platicar en solitario, Ortega, y cogemos aquí mismo, detrás del seto?». Las decisiones de la abuela, tan parecidas.

23

«Esto también pasará», se oye decir ahora con frecuencia y se dice como consuelo cuando precisamente la conciencia de lo efímero es el desconsuelo. «Todo pasa» es una afirmación dirigida al dolor y provocada por él. Pero si el dolor —tan intenso a veces— acaba pasando, también lo hace su contrario. Y precisamente por eso construimos —casas, ciudades, matrimonios, civilizaciones...—, para que algo quede y no todo pase y de esta manera no vivamos siempre en la intemperie, ahí donde todo se evapora y desaparece. Nos equivocamos, porque hasta las lenguas y las civilizaciones desaparecen, pero esa voluntad, errónea o no, nos mantiene firmes —o así lo creemos— frente al caos y las leyes de la entropía. Hasta que deja de hacerlo y llegan los fatales accidentes, las catástrofes, las revoluciones, los drásticos cambios inesperados. Los que se dan en las consecuencias de un adulterio, por ejemplo, y la instalación de la desconfianza como veneno y la ilusoria posibilidad de otras vidas como antídoto.

Cuando mi padre ingresó en la clínica por segunda y última vez volvió a hablarme del olvido y de la imposibilidad del olvido de sí mismo. «Quien eres es tu destino y tu destino será quien eres; no hay más», solía decir. En la clínica, ya no. En la clínica miraba las vistas de la ciudad desde la ventana como el marino que llega a puerto y sabe que ya no reembarcará jamás. Perplejo ante el conocimiento de su definitivo escenario, alejado del mar. El mar para mi padre desembocaba en una nueva amante, en una historia que acabaría mal y el destino de mi padre era, precisamente, que ninguna historia acabara bien.

«Salvo tu madre, y ya ves; ni ella está aquí ahora. Si ella hubiera permanecido a mi lado, quizá no estaría muriéndome ahora. No pongas esa cara. La última vez que entré en el hospital, cuando me operaron, me dijeron que no podían asegurarme nada, pero que si me colocaban una bolsa para las heces viviría mejor y más tiempo. Les dije que en absoluto, que ni se atrevieran con esa porquería. Si la muerte ha de llegar, que llegue, pero que me encuentre entero, les dije a los médicos. Ya me dirás, cómo te vas a acostar con una mujer con la mierda colgando del costado: ni aquí ni en Pernambuco. Se lo prohibí y aquí estoy: ni un año he durado. Tres mujeres: ésta es la verdadera medida de la prórroga; me he acostado con tres mujeres. Sólo con tres y con la que está detrás de la puerta, esperando a que baje la guardia y sin la bolsita en el costado. Si tu madre se hubiera quedado conmigo, yo habría accedido a la bolsa y todavía me quedarían varios años por delante. Pero ella ya había tomado la decisión: un matrimonio victoriano es para los tiempos de la reina Victoria; ni la economía es suficiente argamasa para sostener lo nuestro, tan carcomido por todas partes. Y cuando dijo eso supe que ya no la vería nunca más junto a mí. Qué tontería, ¿verdad? Uno habría esperado otras palabras, otro lenguaje de despedida, rescatando todo lo bueno que tuvimos, que fue mucho. Pues nada: economía, argamasa, carcoma y victorianismo; ahí te pudras. Y aquí estoy, pudriéndome por dentro. Nunca sabrá que a todas las demás las abandoné por ella. Siempre duré poco en mis relaciones porque estaba ella detrás. Es cierto que también las tuve de la manera que las tuve porque estaba ella detrás. En cierto modo su presencia (saberla en casa o donde fuera, pero saberla conmigo) me curaba en salud para cuando llegara el momento (y con cada mujer llegaba pronto) en que ya no me soportaría a mí mismo y menos aún a ellas. Bastaba la entonación de una frase, una melosidad inoportuna, una entrega a destiempo, la manifestación de un capricho, cualquier cosa... Ya no digamos si en la conversación aparecían los hijos, el marido o algún amante ocasional... Entonces necesitaba huir y entonces estaba tu madre; sólo de ella soporté sin peso alguno lo que no soportaba de las demás... Sólo de tu madre y ya ves: me dejó tirado. Al final me dejó tirado. Ni la puerta de casa abrió. Tirado en la puta calle y con un ramo de peonías hermosísimas entre los brazos: treinta peonías, una por cada año de casados, frente a la verja del jardín, como si yo fuera un merodeador o un ladronzuelo de tercera. Ni el recurso al olvido me quedaba ya; con tanto tiempo de vida en común, el olvido era imposible. Tu madre y yo habíamos vivido de todo, juntos, una guerra incluso, y a todo habíamos sobrevivido. No lo tuvo en cuenta; o sí, pero pesó más su supervivencia, imagino. Por mi parte ni siquiera intenté olvidar, por mucho que el recuerdo ya sólo doliera. Las amantes ocasionales se desvanecen: queda la memoria de algún gesto, de unas pocas palabras, de habitaciones que en el fondo son intercambiables. Queda un día de niebla con el sol intentando vencerla por detrás: la luz Turner... Queda cierta conciencia de satisfacción, la música de los orgasmos, la mirada envuelta en agua, todo eso queda como herencia; pero todo eso se convierte en un placer intransitivo; su reverso es la aspereza de la falta de compañía. Mientras estuve con tu madre yo desconocía esa aspereza. Aunque no estuviera, físicamente, con ella, la desconocía. Lo que daría yo por olvidarlo; que apareciera por esta puerta y olvidar...»

Nunca he sabido cuándo mi padre actuaba y cuándo no, se creyera o no lo que estaba diciendo. Todo seductor tiene algo de farsante y mentiroso y mi padre fue un seductor a conciencia y sin disculpa posible, por mucho que él creyera que sí. Al recordar esos días clínicos y los que vendrían más tarde, con Miriam, pensé que en la pérdida del lenguaje amoroso ocurría lo contrario de lo que él decía sobre el imposible olvido en el matrimonio. Lo contrario y por desgracia. Hablo del lenguaje de la complicidad erótica. Su instalación en la memoria se acaba desdibujando con el tiempo. Como el recuerdo de su intensidad, cuando quien lo provocó ya no sabemos dónde está, ni hemos de saberlo. De lo que parecía imborrable quedará un rastro, cada vez más borroso, sí, la luz Turner...

De los tres lenguajes en la vida de un individuo —el familiar (*Léxico familiar* tituló Natalia Ginzburg uno de sus mejores libros), la voz propia y el lenguaje de Eros—, éste habrá sido el más intenso y el más breve, por extenso que haya sido en el tiempo. ¿Qué nos queda de él cuando desaparece la persona deseada y la fertilidad de su imaginación y de la nuestra es, ya en silencio, estéril? Palabras que han perdido su sentido más profundo y su brillo, como el flujo abrillanta el glande; así era el brillo de la pasión con las palabras y el esplendor de las palabras en la pasión. El lenguaje se vuelve deslumbrante y húmedo; la obscenidad lo es como no lo había sido nunca antes y la complicidad se rinde a lo absoluto porque las palabras y sus ecos secretos, ahora compartidos como la imagen en un espejo, unen a los amantes con la naturaleza de la tierra y de los astros, con la respiración de la tierra y de los astros. Joyce compartió esa forma del lenguaje con Nora Barnacle y se percibe en sus cartas, por toscas que sean; Jung lo hizo con Sabina Spielrein y ahí están sus azotes; Jünger con Sophie Ravoux, estoy convencido; como Gainsbourg con Birkin. A mí me ocurrió con Miriam, dueña y hechicera de ese lenguaje. Nunca antes; tampoco después. Otro quizá dijera: de momento. Yo sé que es para siempre. El lenguaje como cénit de sí mismo.

—Salí a la calle a buscarte; no llevaba ropa interior y estaba empapada.

La lengua fue nuestra en su totalidad como ocurre en la escritura cuando es arte, pero de una forma que ni siquiera la escritura cuando es arte alcanza. Una lengua dionisíaca enriquecida con la experiencia y con las carencias y los deseos que de ambas surgen, una lengua que se desboca y a la vez la razón la embrida y refina y pervierte. La lengua en su mayor excelencia: una lengua cochina, una lengua empalmada, una lengua impura. Y la luz cegadora de su destilación, que aísla del mundo a los amantes y al mismo tiempo les concede sus dones más ocultos, invisibles a la mirada de quien no haya conocido esa luz y en su morbidez no sepa que se esconde la respuesta a cualquier enigma.

Por eso continué hablando al vacío cuando Miriam desapareció. Como si el diálogo amoroso fuera una cuerda tensa en un extremo, tensa mientras las palabras no cesaran, y esa tensión pudiera provocar lo mismo en el otro extremo, como la mano tensa el falo con sus caricias. Las palabras como caricias sexuales y al otro lado, el silencio, sin nadie que sujete la cuerda enrollada y abandonada en el suelo; sin nadie ya que la tense. Y en cambio sigues hablando como si ella estuviera.

Mi padre no hablaba y al mismo tiempo no paraba de hablar, instalado en una búsqueda a perpetuidad de la Gran Emoción. Mi madre se lo permitió hasta que esa búsqueda la apartó de su lado sin posibilidad de retorno y ni los abrigos de piel ni las joyas ni los viajes significaron nada más que el reverso de la traición. Entonces dijo adiós y no dijo nada más. Nunca le dijo nada más.

24

Esta clase de amor lleva su fin —como una larva que engulle el cuerpo (animal o vegetal) vivo— en su interior. La intensidad de su existencia avisa y anuncia su imposibilidad, y la decadencia que precede a la caída —el proceso de canibalismo erótico— sólo es la confirmación de ese amor, su voluntad de no morir, de desaparecer sin haber muerto. Lázaro que regresa a la tumba tras haber sobrevivido al milagro, incapaz sin embargo de vivir ese milagro cuando deja de serlo. Esta clase de amor no puede, para seguir siendo, acabar en el aburrimiento y el orden cotidianos porque es, en sí mismo, un misterio contra el tiempo y contra el orden y haberlo vivido tiene un alto precio. Ese precio es, precisamente, su imposibilidad y al vislumbrarse la primera sombra, estalla con toda su fuerza y gobierna el destino de los amantes centrífugos por su exceso centrípeto. «*Lovers come and lovers go*», canta Kevin Ayers, como si no fuera con él la cosa. De ahí que lady Catherine Walston no se separara nunca de su marido y tampoco lo hicieran la condesa Podewils o Jünger —el único hombre entre ellas, Sophie Ravoux se habría ido con él—, ni la amante de Ian Fleming, Maud Russell. (Una judía y tres aristócratas; un oficial de la Wehrmacht y tres escritores *middle-class*.) De ahí, supongo, que no lo hicieran mis padres tampoco, aunque desde hacía años su vida pareciera la de un matrimonio separado. Una partida de *mah-jong* en una casa vacía. El sonido de las fichas de dominó al caer sobre la mesa.

El otro día leí dos frases de una amante, dirigidas a su querido. En la primera —por escrito— anunciaba el final de la historia. Y lo hacía con un matiz preciso e impecable. Le dice que sabe que no va a asistir a la fiesta de su amiga X, propietaria de la casa donde se han encontrado siempre. Y añade: «Ya no soy peligrosa». Ya no soy peligrosa: la pérdida de esa peligrosidad —que es riesgo, tensión y goce en su plenitud— como el Gran Síntoma. Pero cinco años más tarde hablan por teléfono y ella le escribe poco después de colgar: «Al escuchar otra vez tu voz, se me ha revuelto todo por dentro». Es fácil imaginar sus paseos inquietos por la casa antes de coger cuartilla y pluma. Quien no ha amado no sabe lo que es eso: el poder de una voz y el combate imposible, la rendición obligada, la penitencia posterior. Todo se desmorona ante esa voz y nadie puede entenderlo a no ser que también a ese nadie le haya ocurrido. «Yo soy nadie», le dijo Ulises a Polifemo y ante esa voz o esa mirada todos somos nadie y sólo deseamos habitar la nada. Allí donde ningún otro puede acceder y los dos estamos solos.

VII. Adiós a todo eso

Esta mañana he recibido un libro de poemas que había pedido por la belleza de su título: *The Shanghai Owner of the Bonsai Shop*. Su traducción es ambigua, como la traducción del sentimiento amoroso: *El propietario en Shanghái de una tienda de bonsáis* quizá sea la más adecuada. ¿O mejor *El dueño de una tienda de bonsáis en Shanghái*? Estaba hojeando los poemas del libro mientras pensaba en el comercio de plumas y pieles africanas en la Edad Media. Caprichos, sí. Los tiempos muertos —y en la universidad tenemos más tiempos muertos que vivos, por eso hay tanto desbarajuste sexual, como en las guardias hospitalarias— tienen eso: uno acaba pensando en las bodegas de los barcos con pieles de leopardo y plumas de garza y grulla real. El comercio pasaba por mi ciudad, esos barcos recalaban aquí en su trayecto hacia Italia, Francia y Turquía. Eran barcos de ornamentos orientalistas —por eso lo sé— que se dirigían a Oriente y a Occidente para que el primero les otorgara un uso que el segundo adoptaría después. Como el amor, pensé, cuando te atrapa en el último tercio de tu vida. En la juventud sabes que amor y Eros son inagotables, que el goce y el padecimiento que sientes los volverás a sentir con otras personas; es más: que con alguien que no conoces podría estar pasándote lo mismo de haberlo conocido, aunque te engañes y creas que sólo la concreción que tienes entre las manos es capaz de trasladarte al paraíso y al infierno y al purgatorio sin salida si se ausenta. El tiempo aún es infinito y esa sensación sería Occidente. Mayor, ya no. Mayor estás en Oriente, como las plumas de avestruz en su destino. Ahora ya sabes que es ella la que provoca lo que sientes, te ríes de la literaturización egocéntrica del psicoanálisis y sabes que en la vida aguarda ahora la última travesía del desierto. Por eso recoges en el camino plumas —y no son de avestruz sino de gorrión o jilguero—, piedras —y no son preciosas sino simple calcita—, trozos de madera —y es corteza de pino, no sándalo ni caoba— y atesoras cada momento, cada recuerdo como un hombre frente al vacío. Porque eres eso: un hombre frente al vacío y lo que has recogido, tu contrapeso: el espíritu de la novela que nunca podrás escribir.

El inglés se ha marchado del hotel sin decir nada. En mi casillero había un sobre con una tarjeta en la que se despide prácticamente a la francesa y unas fotocopias de documentos: cartas, postales, fotografías, la confirmación documental de la huella mallorquina de Natacha Rambova. «Unos *souvenirs* diferentes a los que ustedes venden», había anotado en un margen. Objetivo cumplido, he pensado, al menos alguien se ha salido con la suya.

Mientras hojeaba aquellas fotocopias he pensado que toda solución de un enigma encierra o bien un enigma más, o bien la solución de otro cuya existencia ni siquiera habíamos vislumbrado. Ahí estaba: no era la solución de nada, pero era más de lo que podía esperar. Entre imágenes de pintura china y grabado japonés, entre figuras egipcias y jeroglíficos plagados de ibis, ánades y cocodrilos, había dos cosas que estaban ahí para mí; sólo dos. Una era la fotografía de una acuarela: la cabeza de un guepardo. La foto está tomada en la casa que madame Rambova se construyó junto al mar: Ca Na Tacha. Mi padre compró ese guepardo a un anticuario que combatió con él durante la Guerra Civil, en el frente del Guadarrama. Esta acuarela está desde hace muchos años en la sala de casa como un mensaje, ahora lo sé, de aquel gran mundo de Rambova y Pola Negri y la artista china Mai-Mai Sze y Beltrán Masses que hizo escala en la isla y la Guerra Civil borró su rastro.

La otra era un sobre, más pequeño, y en él una carta de Miriam Lasa:

«Ha salido el sol, *mein schatz,* un sol pálido, nacarado, siberiano, como la piel bajo la axila de una mujer amada. Sé que no nos veremos más; o sí, yo te veré de lejos algún día, pero tú ya no a mí. Tú ya no sabrás ver lo que hemos visto juntos. Estaré en tu ciudad y al mismo tiempo no estaré. ¿He sido tu Sophie Ravoux? Todo esto que nos pasó, pasó hace mucho tiempo y está pasando ahora mismo y ha de pasar siempre: éste es el misterio de la pasión. Pero tú continuarás viviendo entre tus papeles, entre tus libros, entre tus imágenes a la luz de las velas, como un monje ortodoxo retirado del mundo y algún día, cuando pase el tiempo que no existió para nosotros, te cruzarás conmigo y no sabrás quién soy. O sí lo sabrás, pero no me distinguirás de cualquier otra.»

La carta estaba fechada hacía dos meses y dos meses hacía que yo no sabía nada de Miriam y nada tampoco de mi mujer. ¿Qué lugar ocupa el otro amor, el de la vida ordenada y la lealtad, ese amor que bendice los días y es profundo y complejo e incomprensible en su duración como no lo es ningún otro? ¿Y si la novela que no puede escribirse es precisamente la del amor cotidiano, pues los cánones amorosos que hemos inventado en Occidente no le dejan más sitio que aquel que está en relación con la pérdida de la pasión? Porque a esta clase de amor, la literatura ya no lo alimenta ni le basta y son esos mismos cánones —que fueron los que provocaron también su nacimiento— los que lo convierten para siempre en pálido sustituto, condenado a la melancolía de quien no tiene ni es lo que desea (y eso es otro espejismo). Esto al menos es lo que nos cuenta también la literatura —la mejor *summa theologiae* sobre el amor y su ficción— y no sólo *Madame Bovary*.

Pero había más: en toda aquella imaginería ramboviana del inglés estaba —y bien a la vista— el camino a seguir en esta nueva travesía del desierto. Toda escritura lo es y al llegar al último *caravanserai* sabes que empezará otra más. Del mismo modo que el amor persiguió siempre a mi padre y marcó el ritmo de la vida de mi madre. El desierto y el amor. Pensé en el coronel T. E. Lawrence, pero ahí tampoco estaba yo, sino otra vez mis padres. Entonces pensé en Pierre Loti, como si existiera una relación secreta que uniera al escritor francés con el pintor Beltrán Masses y madame Rambova. Como si en Loti y un nuevo enigma estuviera la vida que me esperaba cuando yo también saliera, como el inglés, de este antiguo convento benedictino convertido ahora en hotel. El Oriente. Rambova se fue a Egipto y cambió el amor de los vivos por el amor a los muertos embalsamados. Graham Greene se marchó a Indochina cuando supo que Catherine Walston no abandonaría jamás a su marido. Se trasladó a una casa *art déco* del centro de Hanói, escapando de ella, y empezó a fumar opio. Ahí escribió *El americano impasible,* aunque sea en *El fin del romance* donde se esconden, bien a la vista, la felicidad y los tormentos de su pasión amorosa. Tendría que probar el opio y acabar de propietario de una tienda de bonsáis en Shanghái, lejos de todo lo que amé, esa mentira que construimos al cruzar los últimos puentes de la edad media del hombre. Lejos de todo, cuando ya no sabemos ni estar lejos de nosotros mismos...

«Un sol pálido, nacarado como la piel bajo la axila...» Esas palabras las había leído antes y al cabo de un rato caí en la cuenta de dónde las había leído. Esas palabras estaban en uno de los artículos de Paolo Zava, el que trataba sobre el erotismo en la pintura de Bronzino. Lasa y Zava, Zava y Lasa... Por un momento se me cruzó la idea de que Miriam fuera nieta de Paolo Zava, que ya tenía una hija de un primer matrimonio cuando conoció a mi madre en Budapest... Una nieta de Zava y la renovación del ritual, décadas después. Demasiado rebuscado. Como los títulos de sus libros, los que estaban en la librería de casa dedicados a mi madre: *L'orientalismo italiano, La pittura «pompier», Il sogno d'Oriente, Iconologia copta a l'Etiopia...*

Semanas después de mi regreso de Beirut —donde había ido, invitado por el profesor Majdalani, de la Universidad Saint-Joseph, a dar un curso de nueve meses sobre el orientalismo europeo (lo titulé: «Al Margen de Edward Said»)—, una noche la vi bajo la pálida luz de la taquilla del cine Siracusa y apenas me dio tiempo a pensar en el azar y los nombres. Era ella. O se le parecía mucho. Recordé sus palabras de una tarde lejana: «Yo seré el mejor fantasma de tu vida y sólo para ti habré sido lo que soy: la niña que quiere que la enculen o la mujer que se muere al correrse, y lo que tú desees he de ser porque es en tu deseo donde estoy viva. Más que nunca y sólo en él estoy viva. Después todo será distinto y tanto uno como otro no seremos los mismos. Nunca podremos serlo. Ni podremos siquiera regresar al lugar donde estuvimos juntos como no lo habíamos estado antes con nadie. Será una casa cerrada, profesor, y el tiempo la derruirá lentamente hasta que desaparezca. Nuestra memoria y nuestro cuerpo serán su tumba».

Nervioso, metí el coche en la primera bocacalle y aparqué donde pude. Ni siquiera lo cerré con llave: salí corriendo como si llegara tarde a la proyección de una película sobre mi vida. Pensé que ésa era la clave: que en todas mis historias siempre había llegado tarde porque yo vivía en un lugar del tiempo donde ya era tarde, y en él no había tiempo más que para llegar tarde o no llegar. Mientras corría me asaltó una foto de su hombro que me había enviado años atrás: una foto sin rostro, como todas las suyas, instalada ahora en algún lugar del fondo de mi mente.

En una ocasión me mandó una fotografía de medio cuerpo, sonriente, y no supe reconocerla: no la vi en ella y su rostro no era su rostro, sino un rostro parecido, cuando posiblemente fuera su rostro real y el que yo evoco fuera —y sea— un rostro imaginario. Construido con sus rasgos a base de fragmentos, pero imaginario y sólo imaginado por mí.

Cuando llegué al cine Siracusa, en la taquilla había otra mujer y no se le parecía más que en el pelo, muy largo y ensortijado en las puntas. Me acerqué hasta el acuario de luz mortecina y le pregunté: ¿lleva usted mucho tiempo aquí?

—Y lo que me queda —contestó—. Mi turno empezó hace dos horas.

Debí de poner la cara de alguien a quien la tensión sanguínea le ha bajado a los pies, porque inmediatamente preguntó:

—¿Le ocurre algo? ¿Se siente bien?

Mientras le daba la espalda, dije: no, no me siento muy bien, la verdad. Estoy como si acabara de llegar de Siracusa.

El azar y los nombres, sí. Platón tuvo que huir de Siracusa bajo la amenaza del tirano Dionisio, que lo iba a apresar y convertir en esclavo por sus ideas, las mismas que tampoco habían cuajado en Atenas. Como yo ahora, pensé, esclavo para siempre del desorden amoroso de Dionisos.

Y del silencio. El silencio como una música donde buscamos un acorde inaudible, porque no existe. El hecho de haber existido antes impide que exista ahora: ésta y no otra es la esencia de la pasión cuando desaparece uno de sus protagonistas. Ésta y la obsesiva persecución de aquel silencio, música y partitura vacías, sonido y papel en blanco, como quien niega haberse quedado solo y habla y habla y habla en la confianza de que sus palabras alcancen a quien se ha ido de su lado. Que por lo menos las oiga y sepa que existan. Que no se sienta a salvo de lo que la cautivó. Que sepa, además, que existe y permanece mientras esas palabras existan y permanezcan. Y el raro consuelo al pronunciarlas sea la confirmación de un dolor que no mata pero que no se va, enfermedad crónica que ha de acompañar toda la vida, como el escozor de esas cicatrices que se produce al cambiar el tiempo y la certeza de que todos los días cambiará el tiempo varias veces con el solo propósito de impedir el descuido, la distracción o el mínimo olvido de cualquier fragmento del diálogo amoroso. Que continúa, monólogo ahora, en la inmensidad del eco y su cámara de acordes inaudibles.

Palma-Port de Valldemossa-Burdeos-Palma,
verano de 2015-primavera de 2018

Nota

Parte de esta novela fue escrita gracias a una beca de la ECLA, institución dependiente de la región de Aquitania y beca en cuya concesión no fueron ajenas las gestiones de mi editor —y amigo— bordelés Olivier Desmettre. En esa beca se incluía la residencia en una casa del *quartier* de Saint-Seurin, de Burdeos, y en ella viví como hubiera podido vivir mi vida de haber sido otra. Estaba situada muy cerca de donde pasó Mercè Rodoreda los primeros años de su exilio.

Los detalles sobre Jaufré Rudel y *l'amour de loin* del capítulo 5 de la parte VI son fruto de una conversación con el profesor Pascal Sarpoulet en el restaurante Le Scopitone de Burdeos. Las notas del trabajo sobre Jünger —capítulo 9 de la parte VI— derivan tanto de mi ya muy antigua y nunca abandonada lectura de *Radiaciones* como de la del libro de Julien Hervier *Ernst Jünger: dans les tempêtes du siècle*. Los fragmentos citados de la correspondencia erótica entre el zar Alejandro II y su amante Ekaterina Dolgorukaya proceden del ensayo de Simon Sebag Montefiore, *Los Románov: 1613-1918*.

A Helena y a todos ellos, mi agradecimiento.

Índice

Este libro se terminó
de imprimir en
Barcelona (España),
en el mes de
marzo de 2019

Descubre tu próxima lectura

Si quieres formar parte de nuestra comunidad,
regístrate en **libros.megustaleer.club**
y recibirás recomendaciones personalizadas